Once Upon A Gypsy Moon:
An Improbable Voyage and
One Man's Yearning for Redemption

吉普赛月光号

[美] 迈克尔·赫尔利◎著　陆骏◎译

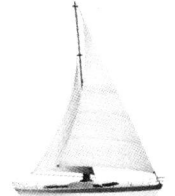

重庆出版集团 重庆出版社

目录

前言 　　　　　　　　　　　　　　　1

第一章　远航，为人生寻找方向
　　　1. 既面朝大海，又通往灵魂　　2
　　　2. 登上梦想之舟，乘风破浪　　7
　　　3. 当日子一天天变得模糊　　　11
　　　4. 按下人生的暂停键　　　　　15
　　　5. 为最坏的情况做准备　　　　21
　　　6. 大海就是为了被超越而存在的　25
　　　7. 可怕的平静，犹如杀手的微笑　31
　　　8. 海岸就在彩虹的那头　　　　34

第二章　踌躇时刻
　　　9. 回家的感觉真好　　　　　　38
　　　10. 出发的呼唤是一种渴望　　　46
　　　11. 面对最本真的自我　　　　　50
　　　12. 人有时需要神的忠告　　　　56

13. 紧紧抓住那些好的	62
14. 黑暗中的神奇声音	67
15. 一位寻找珍珠的水手	70

第三章 海上仙女之歌

16. 无法忍受春天的迟到	74
17. 小船与拿骚的距离	76
18. 当浪花涨到5英尺	81
19. 希望、恐惧、遗憾与大海	85
20. 永不停下脚步	88
21. 迷雾很快就要消散	94
22. 人生中短暂的光彩时刻	97
23. 我的梦想，可以成真	101
24. 船与心灵，皆得以休整	104

第四章 不够庄重的求婚

25. 我更愿意走自己的路	108
26. 你爸爸是干什么的？	117
27. 必须成为一个好父亲	122

28. 学会绕过人生的风浪　　124

29. 开始原谅自己　　127

30. 什么是"正确的婚姻"　　130

31. 好奇地停下脚步，惊讶地欣喜若狂　　135

32. 美好的事情总是不期而至　　143

第五章　把童话讲给全世界

33. 男孩的意志就是风的意志　　146

34. 记忆的一角，总是留着我的船　　148

35. 再次计划远航　　152

36. 港湾不是船的家　　155

37. 踏上荣耀征程　　157

38. 幻想戛然而止　　160

39. 实现了对自己的诺言　　164

40. 自我怀疑的阴云开始消散　　167

第六章　一个人的海上朝圣

41. 听从内心的声音　　174

42. 朝圣者的故事　　179

43. 浪子回头，希望永存 184

44. 流浪者所知道的事 188

45. 好的，坏的和更坏的 194

46. 让陌生人搭便车 207

47. 在纷繁喧嚣中找到平静 210

48. 天际线上的景象，只属于航海家 213

49. 在厨房里烹调婚姻 216

第七章　未来的旅程

50. 心是唯一的导航灯 226

尾　声　别了，"吉普赛月光"号

51. "吉普赛月光"号的失去 230

前言

您即将读到的是一个关于梦想的故事。很多人和我一样都拥有这样一个梦想：在浩瀚的大海上，驾一叶扁舟，没有目的地，只向天边行去。2009年8月，我产生了这个梦想，那正是我人生中的一段灰暗时期。痛苦的离婚、惨淡的失业，人生不可谓不失败。《圣经》有云，"到水深之处去"，从这句话中我找到了慰藉。于是，我从安纳波利斯出发前往拿骚，开始了一段上千英里长的独自旅行。我驾驶的船名叫"吉普赛月光"号，是一艘32英尺长的单桅帆船，旧是旧了点，但还能用。我没打算开着这艘船去救别人，因为我自己才是那个迷失了方向的人。我需要重新找回自我，重新认识人生的意义。

这次旅行中，我经历了惨痛的失败，也获得了意想不到的成功，这不算剧透。在这本回忆录里，我记录了这段心路历程和旅行途中的所见所感，也尝试为那些和我一样经历人生低谷、需要从头再来的人们指条明路。在水手们看来，我写的是一本航海小说，我希望它能够物有所值。在浪漫的人看来，我讲述的是一个童话，两个相爱的人找到了对方，也找到了勇气，像马克·吐温呼吁的那样，一起"驶离安全的港口"。

　　需要解释一下的是，这本书的大部分内容是从我2010年11月到2011年11月间写的6封信里截取的，这些信我只给一小部分老读者、朋友和家人看过。在编辑成书的时候，我修改了信中的一些措辞和语句组织，但总的来讲，所述之事是一样的。书的最后一章记录的是第6封也就是最后一封信写完之后发生的事，本来没有出现在书的原稿之中。不过事后看来，如果没有加上这一章，这个故事就将失去意义。因此这就告诉我们，书真的是自己写成的，作者不过是个媒介罢了。

　　本书中，您将能读到我人生中的诸多快乐和一些忧伤，也将会看到我内心深处的期望和梦想。我希望您在了解了这些之后，可以有一种认识了一位新朋友的感觉。也许有一天，我们会见面，谈谈关于大海、人生和爱的故事。而在那之前，我祝您一路顺风。

第一章
远航，为人生寻找方向

1. 既面朝大海，又通往灵魂

在今天这个时代，地理大发现早已成为过去，人们不必急着外出旅行。就算必须出行，也有更快捷的方式。现在，如果有人要驾一艘小船扬帆出海，那看起来至少是他的判断力出了些问题。有临床依据可以证明，这的确是一种疯狂的行为，当然这样想就会让其中的诗意荡然无存。就算撇开诗意不谈，这也是一种奇怪的习惯：开着小船驶向大海，在15节的风速中凭栏远眺，独自一人，直到深夜。

我知道，这是种病。曾经多少次我有过这样的冲动，但都抑制住了，清醒过来，掉转船头回港。驾着小船整晚出航，无论是独自一人还是和别人一起，都纯属怪癖。即使说得文雅一点，也是一种耍帅式的冒险。不管有多安全，这终究是不守规矩的行为，偏离了人类一般的生活方式。很多人都向往这条路，但真正下决心走下去的少之又少。我听说现在世界上，曾经独自驾船、仅在风和水的动力带动下环游过世界的人，甚至还没有去过外太空的人多。对于这一点我并不惊讶，如果你和我一起走过这段旅程，你也不会感到惊讶。

驾一艘小船扬帆远航，这件事吸引我的地方，就跟小时候野外宿营一开始吸引我的地方一样。两者都是很简单的过程，或者更准确地说，都是用来获得简单生活的过程。一登上船，生活就回到了其原本的状态。与之相比，我们现在的生活已经变得纷繁复杂。首先我们得去上学，去工作，去结婚。接下来还没等察觉到，我们就被卷入了生产消费的循环中。这是个永动的旋风，我们被这停不下来的风吹到了空中，直到大约75年后我们又被扔回地面上，临了都没想明白时间和金钱都花到哪里去了。我们消费，于是我们生产；我们生产，于是我们消费。

泛舟海上，消费和生产的过程便合二为一了。这便是其美妙之处。风和水既是景观，也是动力；既是方法，也是媒介。不断吹拂在脸上的风让我们着迷，同时也推动我们向前进。大海将我们托起，同时也提供给我们食物。那里没有沃尔玛超市。那里什么都没得买。那里只有生存。

在迈阿密，都市的天空因灯光而燃烧，街道因川流不息的轿车、卡车和行人而沸腾。然而就在离这片海岸仅仅3英里的地方，晚上便没有了车流，没有了噪声，没有了灯光，有的只是月亮和星星。广阔的海洋是地球上唯一一片没有被人类长期占据的地方。

我不知道，在安纳波利斯八月的那天，到底是什么力量驱使着我又走上了航海这条路。也许那是一种无需用太多言语来形容的渴望，一种要将命运重新掌握在自己手中的渴望。我必须说，在那一刻，我觉得自己就跟自传《巴比龙》的作者一样。在电影里这一角色是由史蒂夫·麦奎因扮演的。他在暮年终于逃出了恶魔岛,一跳下海、爬上椰子做的筏子,他就对着看不见的听众叫喊:"老子还在这儿,你们这帮混蛋!"

可能有些读者还不太了解我的为人和出身,误以为航海只不过是有钱人的消遣娱乐罢了。对于这一点,我想花些时间做一下说明。有些圈子里的人的确把航海当作休闲活动,但一般来说,他们喜欢的是比拼速度,而不是泛舟漫游。他们会和一帮志趣相投的朋友在海湾里呼啸尖叫,完事后把自己造价昂贵的船绑到游艇俱乐部的柱子上,跑到俱乐部酒吧里享受胜利的滋味或者盘算如何复仇,最后开车回到自己价值不菲的家中,等待下一次比赛的到来。对于他们而言,航海只是一项体育运动,不是一种心境,也不是一种处世之道,它更像是在水上进行的高尔夫球赛一样。而有一类人与他们截然不同,他们是一些居住在海上的农民,就像是海上的吉普赛人。尽管我还不能真正称自己是他们当中的一员,但我对他们心存敬仰已久。

事实上,我在海上所见到的航行者当中,有钱有势的只占极少一部分。很多人仅仅是比银行家们最害怕的那种人略好一点罢了。他们也有自己小小的梦想,但顶多就是希望老天能再给点助推的风,还有半英尺的管道胶带。道琼斯工业平均指数?关他们什么事,还不如给帆船装上点耐用的舷墙呢。有句名言说,有钱人和你我这样的普通人是不一样的,而真正的航海家也是与有钱人沾不上边的。他们这些人痴迷于航海,但基本都是令人无法忍受的铁公鸡。在世界各地的豪华船坞中,他们遭人鄙夷,被称为

"破叫花子",这不是没有原因的。他们的收支清单惨淡不堪,还比不上大学橄榄球比赛后最普通不过的车尾野餐会。这些不修边幅的老家伙们整天穿着脏兮兮的卡其裤,光着脚踩着平底便鞋,挑选着当地船上用品商店里的清漆油壶。

这里我所指的可不是那些"游艇爱好者"。那是些在度假船坞中享受锦衣玉食、在内陆航道里品尝美酒佳酿的人。他们整天向往的是迈阿密的分时度假,而不是麦哲伦式的环球航行。伴随他们梦想的是内燃机的袅袅青烟,而不是海风或想象。我也不是指那些给到加勒比的度假者们提供帆船租赁的人。他们在码头锚地间穿梭时,一般都开得小心翼翼的,生怕把船碰坏。

对于我来说,航海是一种看待生活的方式,也可以说它什么都不是。它是一门哲学,不是写在日历上星期五董事会和星期日早中餐之间的一项安排。我所讲述的这种探险旅程可是租借不到的,就像真正的爱情是无法用钱租到一样。它也不仅仅是一次"经历",不同于打一次保龄球或者抽一根上等的雪茄。驾驶帆船航行是驾驶者与船只的喜结良缘,而且就像任何健康的婚姻一样,即使悸动于新欢的出现,这层关系也总是愈加密不可分。巩固这层关系的是包容的耐心和共渡难关的承诺。耐心和承诺就是航海家的灵魂。生活、感情、航行,要么全情投入,要么就请出局。

我写这本书目的之一是为自己的灵魂导航——去为我的人生找寻方向,去阐释动与静、变化和偏差,去度量时间和距离,从而使我能在托尔金所说的"大道"上找到自己的位置,同时也启迪他人,照亮他们的旅程。每次在海洋里的航行都是双向的,既面朝大海，又通往灵魂。海上的航行可能会遇见风险，但只需做一些计划和准备，采取简单的措施和步骤就可以解决。然而，通往灵魂深处的路线图就没有那么容易绘就了。这一路上定是艰险重重，猛虎当道。所以，带着这些想法，让我们出发吧。

2. 登上梦想之舟，乘风破浪

2009年8月的一天，我乘飞机来到了巴尔的摩—华盛顿国际机场。下了飞机，我径直走向了机场下面接送旅客的街道。从罗利市飞到那里，我是轻装上阵的，除了手里提的一个小包之外，没带什么别的行李。走出机场，早晨的阳光明媚得刺眼。每年夏天马里兰州都会经历一段潮湿无风的热浪，尽管持续的时间不会很长，但我觉得它让这里有了几分迈阿密的感觉。

我的船名叫"吉普赛月光"号，是艘32英尺长的单桅帆船。6个月前我带她去安纳波利斯城外的玛格西河上的一处码头进行了一次大修，现在她正停泊在那里。自从她离开造船厂开始航行以来，已有30年之久，时间给了她创伤。为了能让她再一次出海航行，我们足足花了5个月时间对其进行必要的修复。过去的几年，我自己也经历了一些恢复期，尽管我的创伤不像船上的这样看得见摸得着，但从中恢复对我来说却有很重要的意义。而现在，"吉普赛月光"号已经准备好出航了，我也一样。

我的姐姐和姐夫把我从机场直接接到了船上。以前我到这里来，是一定要去住在附近的我哥哥家吃顿午饭的，他和他的家人会请我们吃马里兰特色的蟹肉蛋糕，然后向我道别。不过这次我没去。过去的一年半里，当我的船停泊在安纳波利斯时，我是多么期待周末能够到一些地方的海湾里航行。从小我就向往有一天能驾着自己的船来到这些地方。现在，我人到中年，已经驾驶着"吉普赛月光"号去过美国独立战争时期国会所在地的州议会大厦，也去过我18岁时进行法务实习的地方，当时的那段经历使我再也不想进入政坛。重游故地非常开心，我拜访了当地的亲朋好友。回首往事，也觉得很有意思，25年前，我曾经得到了在两座城市的工作机会，一个在休斯敦，另一个在巴尔的摩，如果我当时选择了另外一个，现在的我会是什么样呢？

我曾计划证明托马斯·沃尔夫关于回家的观点是错误的，然而不久后，这项计划便遭遇了现实问题。我在德克萨斯州和北卡罗来纳州客居了30年，这让我更加习惯于南方的温文尔雅，而对北方彪悍好斗却越发地看不顺眼了，不仅仅是因为那里的开车者不愿意让人搭便车。我曾经在靠近巴尔的摩的一处海湾与另一艘船相交而过，我趴在船舷的栏杆上对着它的驾驶者微笑，准备与他互致问候，就像在南方航行时必然会发生的一样。结果我却听到了一串脏话（因为我靠得太近了），这让我大吃一惊，不知道该说什么，只能说了句"实在抱歉"，就掉转了方向。从华盛顿到巴尔的摩，似乎很多人从小就是随时准备要跟人打一架的样子。于是我发现了，南方除了气候更温和之外，还有些别的东西也是更温和的。我真的好想再次踏上"吉普赛月光"号，扬帆远航。

吃午饭的时候，家人问到了我的计划，我一一做了解释。他们觉得，拿骚是那么远，几乎遥不可及。其实我也是这么想的，毕竟一个人独自驾船出海这种事不是每天都发生的，这事儿听起来比实际上更加需要胆量。我理解他们的担忧，而我自己也有着同样的顾虑。浩渺的大海可不是好惹的，即使是在最好的天气条件下。

当置身于驾驶室时，我感觉自己就像回到了家里一样，尽管我也不是一下子就认识到这一点的。我在马里兰州长大，母亲离异后带着四个孩子，我是最小的，而且比老三小10岁。两个姐姐一直对我非常宠爱，我哥哥还在家的时候我太小，还认不出他。后来，在我两岁时，酗酒成性的父亲遗弃了我们。我可以很明显地感觉到他的离开对我影响有多大，因为这让我没有办法实现大冒险的梦想。海上航行就像是只有在好莱坞的电影里才会发生的事情，对我来说可望而不可即。在孩提时，我在小得多的范围里实现了梦想，比如在附近的小河或水塘里玩，或者在其他男孩父亲的帮助下参加童子军活动。回想那段时光，我就记得钓鱼归来走过的小路、烧柴火的烟味和生活最本真的样子，无论那有多么短暂，还有就是20世纪60年代美国郊区"开袋即食"的惬意生活。那些逃学跑到树林里玩耍的日子真的很开心，让我的想象力可以飞翔在一个远离老师和考试的世界里。我喜欢无拘无束，自由自在。

不过，对那时的我来说，遥远的切萨皮克海湾和海湾以外的大海才是更神秘的地方。我只有偶尔在哥哥杰伊的带领下才能接近那里，他会带我和姐姐们乘坐各种平底小渔船和小划艇出海。这些船有些是他租的，有些是他买的，还有一条是他自己造的。我清楚地记得，有一天哥哥驾驶着一艘罗得岛造的19英尺长单桅帆船，乘风破浪，从南河的入海口冲出，直奔切萨皮克海湾的广阔水面。天际线上的树木和房屋都消失了，只剩下一片汪洋和未知的远方。我看了看桅杆下面那个小到只能装下一个行李包的船舱，不禁想到，如果我们就这么一直往前走下去，会发生什么。

  不过我们没有继续往前走。当租船的时间到了之后，我们就小心翼翼地把这艘无畏的梦想之舟往回开了。付完钱，我们又回到了陆地上，开车回到了城市里。然而，那一刻和其他类似的经历已经深深地印刻在我脑海中。多年以后，当我借走杰伊的14英尺单桅帆船，决定开始独自航行时，我仍然会时不时地回想起这些情景。

3. 当日子一天天变得模糊

时间是1976年，那年我18岁，哥哥杰伊去度蜜月了。我借了他的船带心爱的女孩出海，这样的初次约会看起来非常美妙。然而我的计划却因为一股狂风而泡汤了。风吹来时，我没来得及抓住主桅杆的操纵索。于是转眼之间，刚刚还骄傲矗立着的主帆就被吹倒了，船也随之倾覆在水里。女孩自己游上了岸，而我像落汤鸡一样坐在翻倒在水面的船壳上，呆呆地等着海岸警卫队来救援。最终他们来了，还没等把船翻回去，就用不可思议的速度把它拖回了浅水区，拖的时候桅杆咔嚓一下断掉了。

这次在玛格西河上的首航可谓出师不利。几年之后，二十几岁的我在加尔维斯顿湾驾驶"伊特莱度"号时学到了很多航海的知识。它是我拥有的第一艘船，是一艘小型的单桅帆船，船头到船尾共17英尺，中间只有浴缸那么宽，配备的舷外发动机就像是挂在艉板上的一个搅拌器。那时我在休斯敦一家大型律师事务所里做初级律师，公司的一位资深合伙人有一艘37英尺长的豪华帆船，停泊在最高级的游艇俱乐部里。每个星期一他都会跑到我办公室问我："这周末打算去水上兜一圈不，赫尔利？"基本上我都会答应去，然后我就像玩跳房子游戏一样驾驶着"伊特莱度"号走南闯北。我去过波浪不断拍打的锚地，碰上过倒霉的事，遭遇过暴风雨。这些经历跟合伙人的周末航行比起来，简直就像是在玩命一样。他一般就待在船坞间的停泊处，从不离开制冰机半步，而多数的大型游艇大部分时间里都停在那里。哈尔·罗斯，一位传奇的远途航海家，同时也是我最喜欢的作家，曾经将这种只停在码头里的船称为"远处传来的人猿泰山的嚎叫"，因为它们的作用是证明其富贵主人的男子气概。这些人在遥远的写字楼里拼命工作，梦想着去南方的大海，不过从来都不会真正出海。而我也有着这样的梦想。

1986年，我在德克萨斯州博蒙特市又经历了一次无关痛痒的失业。回家的路极其漫长，只有一些斯塔基饭馆偶尔出现在那条一直向前延伸的东德克萨斯公路上。而就在这条路上，我萌生了一个想法。当时我和我妻子都只有20多岁，还没孩子。我们终于上完了法学院的课程，也可以轻松地延迟偿还助学贷款。本来我是可以在公司打拼、争取成为合伙人的，这样会让我很有满足感，可是我这样做的意愿并不高。当时我们拥有一艘1981年产的30英尺长凯普多瑞牌快艇，名为"安妮·阿伦德尔"号。通过驾驶这艘船，我已经学会了很多航海的知识，可以使它一直保持正确的航行船姿。我想，这应该是个绝好的机会，让我能够清空一切，扬帆出海，到海岛上待一段时间，做自己想做的事情。

我已经记不清当时为什么没有这么做了，也想不起来是谁要留下来的。不过这都已经不重要了，重要的是我们没有这么做。相反，我们选择建立一个家庭，在我们的职位上努力升迁。这是个正确的决定。在那之后，有个更好的消息降临了，应该说是两个：我们的儿子出生了，18个月后，我们又有了一个女儿。本来我已经被驱逐出玩具王国，这下托自己孩子的福，我又可以在那里面玩耍了。我们一家搬到了东海岸，这样离亲戚们近一些。我在北卡罗来纳州的一个小镇上开始了新的法律业务，同时开始学做一名父亲。

到了90年代中期，一等到我的孩子们岁数足够大，我就开始带他们坐独木舟去野外游玩，也开始写一些游记，并送去发表。随着他们一天天长大，经验越来越丰富，我们的航行也越走越远，去的地方越来越有挑战性。我们的脚步一直延伸到加拿大和辽阔的北方。我又变成了当年那个逃学跑到树林里玩耍的小孩了。不过现在我已经有了足够的资本，可以向自己的孩子们展示我小时候只能在脑中想象的远途探险。在8年的时间里，每个月我的孩子们至少有一个会陪我去野外探险，有时会持续一个星期之久。我们的航行经过了50多条江河湖泊，它们遍布美国各地，还包括加拿大的两个省。那些与孩子们一起度过的宁静日子终究会逝去，就像所有的童年都会过去一样，但当时我和他们都不曾预料到会发生怎样的变化。

1998年，一家大型的诉讼机构邀请我去担任资深律师，我离开了北卡罗来纳的海边，告别了小镇生活，举家搬到罗利市。在度过了10年悠闲自在的日子后，突然间我又回到了快节奏的商业世界。最初在罗利市的几年里，我担任全职律师的同时还继续带我的孩子们划船旅行。然而，到了2004年，孩子们都已经进入青春期了，很自然地，他们的兴趣转向了朋友和运动队，而不是跟爸爸一起出去野营。同时，我自己的精力也越来越多地投入到了律师事务所的业务需求中。于是，我离开了荒野，停止了写作。业务量激增，生活的节奏越来越快，每一天嗖嗖地从身边飞过，已经记不清具体都发生了些什么。而就在日子一天天变模糊的时候，我25年的婚姻也走到了尽头。

4. 按下人生的暂停键

　　我决定不把我婚姻的失败原因写出来，甚至不做任何间接的透露。我花了几个月时间尝试了各种文风和开头，才找到一种可靠的方式避免这样做。毕竟在婚姻上，真是公说公有理，婆说婆有理，彼此都很难接受对方的说法。

　　现在我得以写出这些东西，正是因为这次旅行和这本回忆录是在离婚的煎熬中诞生的。我希望从新的视角探视人生的意义，借此得到一些重要的感悟。别人可以对我的所作所为加以评判，但对我来说，最重要的是我去尝试这么做了。

　　威廉·马克斯韦尔曾经写道："当我们谈论过去的时候，我们无时无刻不在撒谎。"抛开其他不谈，我想以我现在要说的话来证明他这个观点的错误。虽然我的婚姻就跟其他所有婚姻一样，出现了问题一般是夫妻双方都有责任，但这次婚姻失败应该完全归咎于我，因为我有了外遇。

　　写出这几个字终究是太简单的一件事。文字无法将所发生的一切描述出来。更糟糕的是，一个人在当众忏悔的时候，往往带着自我庆祝的意味，懊恼悔罪总是附带着一种假惺惺的虔诚。然而，我并没有这样做，我对自己的虔诚程度并未抱有幻想，也没想要去恭喜自己做成了什么事。

很长时间以来，我都被自己所写的关于婚姻的文字困扰得心神不宁，那是我在1998年秋天发表的一篇散文：

> 时光荏苒，终将有一天，我们对彼此许下海誓山盟，这庄严肃穆的话语将我们从任性放纵的深渊中救出。那一刻起，我们信守诺言，只因那是一个承诺，随之而来的是妻子贴心的信任和小孩喃喃的梦呓。因为彼此信任，所以我们可以不受拘束地以双方的差异为乐，无须忌惮因为彼此的不同而分手。因为可以不受拘束，所以我们可以享受一直以来所追求的平和、快乐与满足。

这篇散文几乎是我收到读者邮件最多的一篇。的确，这些文字是很有感染力，但我现在发现，它们已经不仅是对他人的劝勉，对我自己也敲响了警钟。当时对我来说，夫妻之间的不合使得双方关系越来越紧张，我们无法以此为乐。然而，因为我自己也是离婚家庭的孩子，所以以前总是暗下决心，决不让自己的小孩也经历这样的痛苦。为了减轻自己对于夫妻不和可能导致离婚的不安，我决定大胆地将这一点写出来给大家看，以此在自己对妻子的承诺上"加倍下注"。这些话我当时奉为金科玉律，现在也仍深信不疑。我曾希望通过它们使我自己知耻而后勇，信守承诺。

然而，我发现自己竟是恬不知耻的。2005年11月，在一个温暖如春的日子里，我将所有的警告都抛到了脑后——不论是自己给自己的还是别人给自己的——一股脑儿跳进了万丈深渊之中。

就像一个喝醉酒的旅客飞奔上一艘已经着火、正在下沉的开往迪斯尼乐园的船一样，在与一位有夫之妇偷腥时，我说服自己，我的确享受到了快感。而她也乐在其中，和我一样，已经分不清对与错了。当然，这只是在欺骗自己，与所有其他的婚外情一样。对那些因此受伤最深的人来说，这是极其残忍的。

我写这些并不是希望朋友们鼓励我说："好了，别太自责了。"这种事情我自己完全做得到。我很清楚，夫妻间的不忠行为并没有我们想象或希望的那么少。有种观点现在在法律和政治领域非常流行，那就是把人分为"好人"和"坏人"，认为"好人"就永远会做正确的事。这种天真幼稚的想法只存在于小说之中吧。乡村音乐里的智慧教导我们，自从"人类的堕落"以来，每一个人都属于"爱欺骗的种群"。无论在生活的哪个方面，只要有巨大的诱惑，人们就会如此。为了保持谦卑，我们必须了解这一点，但更重要的是，我们要明白，我们不应该由自己犯下的错误所定义。一艘船的航行轨迹可以告诉你它去过哪里，但无法告诉你它即将去往哪里。

我经常想起耶稣基督。他肯定知道彼得总有一天会背叛他，但仍然将王国的钥匙交给彼得。他并没有以彼得的缺点来定义这个人，我们也应该这样，不要以自己的缺点来定义自己。的确，深陷自责的泥潭比原罪更堕落、更傲慢，因为这是将自尊的价值置于上帝的宽恕之上。自尊心是我们一直以来都在寻找，却很少找到的，而上帝的宽恕则是我们很少追寻却已经得到的。

我对神的恩典深信不疑，甚至在最灰暗的日子里，当我彻底迷失方向时，我依然能感觉到上帝就在我身边。在过去的几周时间里，我接受了一位修女耐心的教导。她尽管一生未嫁，但在帮人解决婚姻中的问题方面却是出奇地有经验。一开始我还有些不愿意，后来却对她满怀感激。我明白了婚外情并不是两位灵魂伴侣缠绵悱恻的浪漫，而是两个沉迷者自我堕落的悲剧。可是，就算我清楚地明白了这一点，就算这给了我许多慰藉，却不能弥补我所造成的创伤。

这段婚外情最终不了了之，但我妻子头脑比我清楚，也比我更有勇气去承认发生了什么。2006年9月，她要我走。于是，月底之前，我离开了这个家。一年之后，在经历了各种匆忙的约会和失败的恋情之后，我又回到了她门前，请求她原谅我，并跟我破镜重圆。但这两点都被她拒绝了，没人会觉得她这么做是不讲情面。

我并没有逗留。我懂得了，就像歌里唱的那样，"我们总还是得走出灰暗的日子"。分居一年后，我找到了一个专门为离婚者提供精神支持的组织，我真希望离婚后的第一天就找到它。我还加入了一个男士学习圣经组织，与比我年长比我有智慧的人交谈。他们劝我停止约会，好好反省一下，对情不投意不合者的追求是如何导致自我毁灭的。我还读了一些关于人生界线的书，找回了羞耻感——没错，羞耻感——也找到了重新站立起来的勇气。我挣扎过，跌倒过，但再次尝试一步一步往前爬。

我在巴尔的摩下了飞机，找到"吉普赛月光"号并带它出海的时候，已经离婚快3年了。那时候我对一件事情感到很骄傲，就是我并没有再去找曾经与我搞婚外情的那个女人。然而除了这一点小小的胜利之外，我的生活已经变得面目全非，3年前我根本没法想象。我遭遇了孤独和失败，孩子们不再相信我了，曾经亲密的朋友们也离开了我。工作上我大不如前，离婚协议正式达成后不到一年，我又经历了第二次"离婚"：我待了11年的律师事务所全票通过剥夺了我的合伙人地位。51岁的我重新回到了一个人的生活，在这个大萧条后最不景气的信贷市场上为获取商业贷款疲于奔命。

刚刚失业的那段时间，我的收入是零。后来慢慢好了一点，我的新生意开始有了点起色，不过也只有以前收入的一半不到。我算是幸运的了，还能找到工作。不过为了支付离婚后的赡养费、子女抚养费和学费，我不得不卖掉了房子和车，以及一切能卖的东西。我搬进了公寓房里，在公共洗衣房里洗衣服。旁边和我一起洗衣服的是反戴帽子、脚穿木屐的大学生，房间里飘荡着一股大麻的味道。这真是个叫人欲哭无泪的笑话。尽管倒也算不上是贫困或苦难，但对我来说实在是沧海变桑田了。

虽然境况越来越糟糕，但我还是留下了"吉普赛月光"号这艘急需大修和重装帆布的老船。除了因为经济不景气，没人愿意买它之外，它对于我来说代表着梦想，不是金钱可以衡量的。它就是一块魔毯，在质量检验员的眼里，它的船体依然"像纽约的人行道一样坚硬",完全可以再次扬帆踏上奇幻之旅。当我还是个切萨皮克海湾的男孩时,它就陪伴着我出海探险了。它的存在时刻提醒着我,人生虽不如意,但我仍有理由去追寻梦想,仍有途径去实现梦想。

默默忍受的火焰,会提炼我们,使我们浴火重生。终于,我的生命开出了新的花朵。当您在阅读这本回忆录时,您将有机会一闻其芬芳,感受其祝福。倘若没有生命中的熊熊火焰,这一切都将不可能发生。

曾经有句名言,说意大利经历了30年的战争和苦痛才孕育出了文艺复兴,而瑞士却只有布谷鸟钟来展示其几个世纪的和平与安宁。虽然我经历过挣扎,虽然我也明白现在取得的成就更像是布谷鸟钟,跟达芬奇相去甚远,但可能比没有经历过这一切的人所能造出的钟要好一些。至少它可以报时,而时间可以证明一切。

如您所见,2009年8月,我的生命按下了暂停键。那是一段平潮期,汹涌巨浪过后宁静的一刻,而新的波浪即将汹涌而来。到底这是风暴前的宁静,还是黎明前的黑暗,只有去试了才知道,因为潮水是不等人的。然而,无论是福是祸,无论路向何方,在马里兰州安纳波利斯那个阳光灿烂的下午,我都不想错过它。

5. 为最坏的情况做准备

"吉普赛月光"号经历过好几次维修和改进，以备这次长途航行中的各种不时之需。其中一部分改进是从一些惊心动魄的突发事件中学到的。两年前我驾驶它去了巴哈马，那是它的处女航。6月2日，在途经佛罗里达时，它与热带风暴"巴里"擦肩而过。那是近40年来第一次有气旋这么早地接近那些岛屿，而且靠得那么近。当时我正在阿巴科岛附近徘徊，由于距离太远，接收不到高频航海对讲机的天气预报，我被风暴过后的余波弄了个措手不及，在开阔的洋面上疾行了50英里，从大瑟尔礁一直航行到了西区的码头。一路上船头帆被大风刮断了，缆绳缠在了滚轴上，这下我没法升帆或降帆了。于是，我懂得了旧式绞纱三角帆的价值所在。拉升降索的时候它会上升，然后再从同一线路上降下来。鉴于此，我在准备这次单人旅行时为"吉普赛月光"号所做的第一次改进中就移除了滚轴，并更换了桅顶的前支索。

把价值2000美金的滚轴系统换成绞绳式的前帆，这个决定等于是舍弃了方便快捷的现代科技，而采用19世纪的简陋设计。20

世纪80年代后，滚轴就已经普及了。舵手可以舒舒服服地坐在驾驶舱里，只需通过拉动一根缠绕在前桅支索卷筒上的缆绳就可以控制和收放前帆。缆绳带动卷筒，卷筒带动前桅支索，而三角帆就像窗帘一样被包在前桅支索的一个凹槽中，根据你拉动缆绳的方向随着前桅支索的旋转而收起或展开。

  如果是在天气晴朗的海湾里航行，滚轴的确能提供极大的方便。它使驾驶者无须放下手中的酒杯，跑到前甲板上去升降船头帆。然而，如果在公海上航行，迅疾的海风可能会使缆绳缠到卷筒的缝隙中，驾驶者将无法收起或降低剧烈抖动着的船头帆。我认为，这个时候它就一点都称不上便利了。而且，适合轻风的薄帆跟适合在恶劣天气下使用的、像纸板一样厚的风暴三角帆完全不一样，用滚轴是没法换帆的。你得坐在倾斜而潮湿的前甲板上，将一面帆降下，换上另一面。滚轴会使这一过程变得更加困难，因为这需要把帆全部展开才能把它降下来。要知道，在30节的狂风中展开一面300平方英尺的帆谈何容易，可能你很快就再也见不到这面帆了。因此，滚轴船的船长常常因为懒惰而太晚、太少或者根本不换帆。结果就是，他们经常会在大风中升起太多或者太少的帆布，这也许就解释了为什么那么多使用滚轴的船在出海航行后会把桅杆折断。可是，现代的市场营销将这些以及其他很多"改进"标准强加到新船的制造中，使它们看起来更像是漂浮在海面上的娱乐车，而不是航海用的船。

  针对"吉普赛月光"号的另一项反常规改良是给它装上了自驾驶风向标装置。这种复杂而精巧的装置通过安装在艉板上的风向标，按照风向的变化来不断掉转船头方向，而不借用电力、燃油或人力。风向标连接着随动的方向舵，方向舵拽动着船轮上两根缆绳中的一条。如果船偏离了航道，风向标将朝风向的反方向推动随动的方向舵，方向舵拽动缆绳，缆绳带动船轮，船轮改变船前进的方向，直到风向标再次顺着风吹来的方向。自驾驶风向标装置的安装费用不菲，而且要学会怎样正确地操作也不容易。不过一旦掌握了其操作方法，它就可以无限期地使船走直线了。这种装置首次完整地使用是在20世纪50年代，一群英国的游艇爱好者们在互相竞逐的游戏中使用了它们。而在那之后，某些型号的这种装置也成了环球航行的航海者们的得力助手。

　　与之相比，更常见的一种导航系统是通过按钮来控制的电子导航系统，它使用电池为动力，"吉普赛月光"号上就配备了这样一套。这种装置操作简便，但在波涛汹涌的海面上，在肆虐的狂风中或需要长时间不间断的使用时，往往力不从心。不是马达被烧坏，就是齿轮被磨光。大部分时间里，系统还是越简单越好。

　　在我对船所进行的各种改进当中，最重要的项目之一是重新检查并装载了一个四人用的充气式救生筏。我叫它"幸运杰克"号，这个名字来自于帕特里克·奥布莱恩的小说主人公。它被放在一个密封的储罐里，储罐绑在一个钢质支架中，支架则固定在桅杆前方的甲板上。有人教过我，储罐是用缆绳绑在甲板的一个固定处的，一旦被扔下水，救生筏会自动展开。缆绳会拉动储罐内部的一个栓，触发二氧化碳的喷气装置，从而给救生筏充气。这隐藏的救生筏适用于在各种海面情况下的逃生，直至救援到来。"幸运杰克"号这个名字起得不错,因为还从来没有用到过它,我也希望这样的好运能够继续下去。

  我放在船上的应急设施还包括了两只紧急无线电示位标(EPIRB)。紧急关头,无论我在世界上的哪片海域,只需拨动开关,它们就会将携带"吉普赛月光"号的特殊数码签名和GPS坐标的电子信号传输到卫星上。卫星则会将求救信号以及船所在的具体位置发送给美国海岸警卫队和国际救援组织。

6. 大海就是为了被超越而存在的

关于准备工作和灾难应急措施就先说这么多吧。这毕竟只是一次航海，又不是探月飞行。我们总是容易被计划和准备分了神，却忘了剩下来应该做的事情，那就是"出发吧"。1898年，54岁约书亚·斯洛克姆成为有史以来第一个独自完成环球航行的人。他写了一本书回忆那次著名的航行，书中就提到了这一点：

> 有些年轻人整天盘算着去旅行，我想对他们说，出发吧。那些骇人听闻的传说大多带有夸张成分，海上的惊险故事也不例外……无论在海上还是在陆地上，危险都是存在的，这一点毋庸置疑。但是，上帝赐予人类的头脑和技巧会将这些危险降到最小。这时，我们就需要精心打造船只来航海。但不可否认，当大海处于狂暴的状态时，绝非儿戏。为此你必须去了解大海，并且清楚地知道你是了解它的。不要忘记，大海就是为了被超越而存在的。

自下水后,"吉普赛月光"号一直绑在码头。我解开缆绳,出发了。来到玛格西河上的最后一个指向标前,船上的柴油发动机不断发出低沉的隆隆声。当能感觉到切萨皮克湾的海风吹过面颊时,我关闭了引擎,升起了前帆。那一刻,整个世界都安静了下来。我首先前往的是赛文河的入海口。这段路很短,花不了多少时间,我要赶到安纳波利斯过一晚。

驶过海军学院旁边的温泉溪时,船锚探到海水已经达到了一定的深度。我舒舒服服地坐在船头的防浪板上,任由小船迎风而行,自如穿梭。不一会儿,所有的缆绳和风帆都加上了速度。我看到了安纳波利斯,而我所在之处正是富兰克林、杰斐逊和华盛顿曾经注视这座小镇的地方。他们也是乘船过来的,跟我一样。那一刻诚然诗意盎然,我却并没能享受多久,因为不一会儿老天下了一场热烈的夏雨。

安纳波利斯港人声鼎沸,这座小镇也吸引了很多游客前来观光,不过我最喜欢的是其方便快捷的水上计程车服务。只需花几美元,就可以招呼到一艘带有顶棚的平底船,它可以把你从抛下锚的船里一直带到镇上的码头。这可比自己动手方便多了,否则你还得抽出橡皮筏,放到前甲板上给它充气,放下水,再划上岸。况且,我用来修理"吉普赛月光"号的钱已经不够再去买条合适的橡皮筏了。之前放在船上的橡皮筏早在两年前就被巴哈马的炎炎烈日给晒化了。

不过一到岸上,就没法再享受水上计程车的舒适了。还没等我意识到,雨就已经下大了,那时我更不想要什么橡皮筏了,只求有个好天气。暴雨如注，我在人行道上从一个雨棚冲到另一个，还得不断避开那些流连于酒吧的酒鬼们。终于，我来到了福西特船上用品商店，准备买件最新科技的赛艇外套，换掉我在折扣商店里买的老掉牙的塑料雨衣。福西特家卖的针对恶劣天气的装备可是他们一直引以为豪的呢，那天晚上我也发现他们卖的价格果然不菲。所以，我仅仅购置了些防水的航海图册，还买了一根防水管来存放它们。这下，船长得淋雨了。

过了一会儿，我来到了米德尔顿酒馆，浑身上下一团糟，跟落汤鸡似的。美国独立战争胜利不久后，杰斐逊、富兰克林和华盛顿就曾到此用过餐。不过我想，他们当时肯定比我穿得好多了。即使如此，我也已经宣布了自己的独立，对自己进行了革命。我觉得，那一晚我也成了那个历史小镇光辉传统的一部分。

我打算在米德尔顿酒馆见见两个老朋友，他们是我大学期间兄弟会里的好朋友和他的妻子。在1981年我的婚礼上，他是我的伴郎，这些年我们一直保持着联系。他在我之后去了中西部的同一所法学院，在那边表现得很出色，后来回到华盛顿特区，在一家顶级律师事务所供职。他在那里工作了很长时间，最终收获了成功，成为一家丝袜公司的企业律师，当然这也给他带来了压力。他比我年轻几岁，一直保持着令人嫉妒的苗条身材。当他在饭桌上告诉我他刚刚患上了心脏病时，我几乎不敢相信自己的耳朵。他还年轻着呢，性格又好，且精通医学知识。要知道，现在的医学可比以前更加重视饮食和锻炼了。打那一刻起，我才清楚地意识到，这次的旅程不是来得太早了，而是可能已经来迟了。

我们总是以为，当人生的关键时刻终于到来时，会伴随着号角的吹响，还有内心的顿悟。可是对我来说，在那个八月的星期天早晨，当我收起锚出发时，周围的一切似乎并没有发生任何变化。当开始踏上这段即将彻底改变我人生轨迹的旅程时，我的脑袋却好像还没睡醒，迷迷糊糊的。

开始一段海上的旅程就像邀请美女跳舞一样，一开始你会有些紧张，有些担心。无论要走多久，走多远，你都会不可避免地感觉到这肯定是一次愚蠢的行动，否则为什么你那些聪明的朋友没有跟你一起上船呢？然而，船主和船就像是一起跳舞的舞伴，一个领舞，一个跟随。当他们徜徉于舞池中时，便开始找到了节奏，这节奏打消了顾虑，让船与人在旅途中合为一体。

那天几乎一阵风也没有，在离开安纳波利斯前往广阔大海的第一个小时内，我一点儿也没感觉到自己像麦哲伦，甚至还有只苍蝇在我船周围飞来飞去。航行了一整天后，我把船停靠在汉普顿锚地以北40英里的一个小海湾内，在下湾繁忙的航运线路中彻夜难眠。

在那里的第一个晚上，当我把"吉普赛月光"号驶进舒适的锚地后，周围鸦雀无声。除了一些捕蟹船在远处来来往往之外，我的船是周围唯一的一艘。岸上的房屋发出星星点点柔和的光，我可以想象房子里一家人在一起吃饭的场景。我是多么想念自己的家人。似乎只有在这样的万籁俱寂的时刻，我良心的谴责者才会来到我跟前。那一夜，他们用粗暴的批评搅扰着我的心魂："你一个人跑出来做什么呀？有没有注意到今天晚上在这鸟不拉屎的地方只有你一艘船啊？你难道不觉得这是有原因的吗？所有的船都回到了停泊的地方，他们的主人也都和家人在一起了，为明天的工作做准备，那才是你应该有的样子。你什么时候才能长大呢？为什么你总是注视着地平线呢？相信我，你可不是什么麦哲伦。况且麦哲伦没得善终，哥伦布也一样。别再这么胡闹了，把船开回诺福克港吧，或者最好把它卖了，打打高尔夫球，那才是你这个年纪的人该做的事。你会因此而后悔的，记住我的话……"

次日凌晨，这批评声显得越发刺耳了。我打了个小盹儿，比预定的睡觉时间晚了一点。不过，一听到风帆在突如其来的雷暴雨中噼啪作响，我就像火箭一样噌地起身了，只穿着圆领衫匆匆来到甲板上。阵阵寒风从西南方向呼啸而来，将船头帆的一角吹到了前甲板上，并把它升到了前桅支索一半的高度。绳索胡乱地摆动着，像九尾猫的尾巴一样抽打着我。我奋力地抓住它，一股脑儿地把它们全部扯下来按到甲板上。终于，我在这次战斗中取得了胜利。风暴过后，我在驾驶舱内坐了很久，那些谴责者们又回到了我的思绪中。我知道这是为什么：是到了该做决定的时刻了。现在拔锚起航，就等于正式开始了这段海上之旅。我有些害怕了，即使战胜了风暴，也不能减轻我的恐惧。然而，只要一有打退堂鼓的念头，涌上心头的就是一种悲哀，一种痛楚。这次旅程已经成了我的主宰，我必须得走。打退堂鼓的想法就像是要置我的精神于死地，要将我彻底击垮，使我屈从于无情的命运。于是，我升起了风帆，和"吉普赛月光"号一起很快再次出发了。

切萨皮克湾绵延千里，极其漫长。直到天黑，我才终于穿过了位于查尔斯海角的跨海大桥，再次来到了大西洋边。曾经我在大西洋上度过了很多个夜晚，但从未一个人这么做过，也从未到过这里。穿过航运通道的时候，"吉普赛月光"号在大海深处涌来的波涛中缓慢而有节奏地升降，这是我注意到的第一个不同之处。

海湾的出口处有几条货运线路交汇在一起。夜空下，仅凭导航灯光很难看出货运船到底多么巨大，除非它们正好和你的船擦肩而过。它们无声无息、缓缓地驶入港口，像一群巨象在踮着脚尖走路。"吉普赛月光"号也和其他船只一样享受到了导航服务。不过由于在机动性方面不受太多限制，它在通过航道狭窄处时必须得向那些庞然大物们致敬。我也明白，我这小小的船对他们来讲就像是脚下的一只小老鼠，每次突然的转向都会使他们紧张的。于是我尽力保持船头方向对准第一个航路点，一直开到靠近弗吉尼亚海滩的开阔洋面。

很快，所有的航道标识似乎都已经在我身后了，剩下的只有漆黑一片的夜空。收音机里不时传来汉普顿锚地海岸警卫队的信号声，它提醒着我，我离两天前出发的地点还不是很远。风帆设成了靠右舷的横风行驶，电子自动驾驶装置也每隔几秒发出嗡嗡声，使"吉普赛月光"号保持航向。右边岸上的灯光渐渐暗了下去，我计算了一下距下一个航道标识的路程，将床铺边的闹钟设成每10分钟响一次，并把船舵的尾部对着左舷方向，这样我就可以窝在驾驶员的卧铺上，迷迷糊糊地打盹，接下来的4天里我都是这么睡觉的。

7.可怕的平静,犹如杀手的微笑

我最担心的是钻石浅滩。但我说不出到底为什么,也从未去过那里。那是靠近哈特勒斯岛的一片海域,海床在沿着东海岸线向南延伸的过程中陡然升起,形成了这诱捕吞噬往来船只的浅滩。所有发生在浅滩上的鬼故事中,我印象最深的就是在钻石浅滩上。据说在19世纪,曾经有个年轻女子登上了一艘客运船,那艘船到了晚上搁浅了。她很害怕,抱着自己尚在襁褓中的孩子站在栏杆边。很快,船就在海浪的冲击下解体了。在那月黑风高的夜晚,一阵巨浪吞噬了她们,也瞬间将她怀里的婴儿卷进了波涛翻滚的海中。

我到达钻石浅滩的时候已是夜里,大海显得很平静,任何一位作家都可以描述出这样的平静有多么可怕——就如同杀手的微笑。这个地方很久以来就跟暴力和死亡有关,即使现在很安静,也无法摆脱这样的传奇名声。

不管它是不是传奇,其危险程度从海图上便可一目了然:一只闪着红光的浮标正清楚地标记着这片浅水区,它代替了原来的各种老式灯塔船和建筑物。因为这么多年来,它们当中的大多数已经沉没或者被风暴卷走了。现在,我们拥有了GPS导航系统,黑暗中有明晃晃的灯光告诉我们哪些地方不该走,似乎躲开这些浅滩变成了件很容易的事情。事实上,曾有一位水手在看过关于我旅行的报道后问我,要安全地驶出那些浅滩是不是只须"绕过去"就行。他说得没错,但也没那么简单。

让钻石浅滩和所有外滩群岛成为大西洋墓地的是墨西哥湾暖流。这股洋流紧贴着岸边流经这些浅滩,并与从新英格兰而来的寒流迎头相撞。它一刻不停地奔流着,速度可达2到4节。风和日丽的时候,交汇的洋流与海浪会对向南行驶的帆船造成阻碍,这就类似于在一台往下走的扶梯上往上爬一样。如果天气不好,就不仅仅是阻碍前进这么简单,而是看你能不能死里逃生了。

要躲开墨西哥暖流有两种方法。一是以接近90度的角度直接横穿它,向开阔的大西洋开进100英里左右,然后掉头向南。如果目的地是西印度群岛,那这是个不错的计划,而且要想找港口停泊也无须再去穿过这条洋流。如果想去美国东海岸,你可能会选择顺着海岸线航行,紧贴着洋流的西边走。从缅因州到佛罗里达州北部,海岸线上大部分位置的洋流和浅滩之间都有15到40英里的海上间隙,任你航行通过。而在钻石浅滩,间隙最窄处不到3英里——恰似保龄球的球道,要是扔了个落沟球,你会死得很惨。

那年八月,我独自在钻石浅滩上过了一晚,在那之前,我都没有完全理解前面所说的那些东西。我直接往大洋深处开去,远离了浅滩上的那些可怕传说，感觉特别开心。因为直到现在，那个被风浪卷走的年轻女子的身影还萦绕在我的心头。可是，当我从弗吉尼亚州继续向南进发时，我发现船开得越来越慢了。起初我以为只是风停了，但后来发现风根本没停，我开始意识到我已经在被墨西哥湾暖流的西侧向北推送了。于是我不得不向岸边靠拢，直到可以看到钻石浅滩的航标。要躲开洋流的影响得跟这些浅滩走多近，真是令人惊讶。这下我总算明白了，钻石浅滩和滩上的恶魔，不给它们足够的重视是不行的。

　　风雨交加的夜晚，船如果搁浅在浅滩上，没人能救你。你的船会侧翻过来，一波接一波的浪头会不停地拍打它，直到把它打成一堆废铁。这就是为什么我更喜欢公海的原因：你不会撞上任何东西，也不会在任何地方搁浅。事实上，对于水手来说，几乎没有什么比在漆黑一片时听到航道浮标的铃铛声或海浪拍打岸边的声音更恐怖了，因为它们都意味着即将到来的未知灾难。（让人难以理解的是，我的定时收音机里除了有风暴声和溪流潺潺声之外，还预设了这两种旨在帮助睡眠的"安慰性的"声音。我一般是在想保持绝对清醒的时候把它们打开的。）

　　第二天早上，我也没开出多远。靠在右舷栏杆上回头望去，可以看到位于钻石浅滩顶部的废旧灯塔从洋面升起。它就像是座闹鬼的屋子，在白天看起来没那么可怕了——当然也有可能只是因为我已经安全地驶过它了。

8. 海岸就在彩虹的那头

在大海上，距离感是会欺骗你的。早上经过钻石浅滩后，我又回到了北卡罗来纳的水域，但我离港口依然很远。我计划将"吉普赛月光"号短时间停靠在北卡罗来纳的蒲福市，直到飓风季结束，等到感恩节再次出海。

钻石浅滩并不是这一带唯一需要注意的泥滩。瞭望角保护着蒲福市不受海浪侵袭，我接近它的北端时天已经黑了。这里的故事对我来说更加熟悉，也更加普通，不像哈特勒斯角的那样阴森恐怖。在瞭望角的海湾里，通常会停泊着几十条船。大批游客从陆路前来，参观矗立于此的老方格灯塔。我曾经多次把船开到此处，享受宁静的夏日午后时光。不过，要说从海上接近瞭望角，这还是第一次。

在瞭望角，我丝毫不会感觉到任何危险，但我也必须承认我被眼前数英里长的绿色水墙惊呆了。这水墙一波接着一波，涌向海角靠海的一侧。后来我跟朋友提到过这一点，他们告诉我，瞭望角可是冲浪爱好者们的天堂。这一点我表示非常能够理解，因因为站在"吉普赛月光"号上，我可以看到浅滩之外，海浪好像不是水，而像田地一样起伏绵延。此处的海景浩浩荡荡，气势磅礴，令人惊叹不已。我宁可围着钻石浅滩走，也不愿在风暴中绕过这个海角。不过，幸亏有现代科技的天气预报，这两种情况我都没体验过。

从海上看去，蒲福航道的外围航标已清晰可见，一见到它，我就觉得自己有点像《绿野仙踪》里穿过罂粟花丛飞奔入翡翠城的铁皮人。海岸似乎就在彩虹的那头，可是航行了几个小时后，它依然是那么遥不可及。后来风帆慢慢开始吃风了，我这才抵达了码头，但此时天已经完全黑了。

行驶到蒲福的城镇溪流船坞，收音机里传来了一个亲切的声音，指导我如何驶过曲曲折折的过道。我到达的时间很晚，船坞工作人员早就下班回家了。与过道相邻的一些地方水深不过数英寸而已，所以开船时需要格外小心，避免触礁搁浅。终于我找到了城镇溪流船坞的燃油码头，并在那里过了一夜，感觉自己成了一个新英格兰人。第二天早晨，我回到了我在罗利的办公室，重新踏入那个西装领带、律师法官、合同期限、证据开示以及其他各种数不清的工作职责的世界。可我这么做也是为了这次旅程着想，我计划，只要天气条件和工作状况允许，就马上再次出发。

第二章

踌躇时刻

9.回家的感觉真好

上帝是存在的。很小的时候我就坚持这么认为,直到今天也深信不疑。他的智慧写在了我们每个人的心上。我们的每一次呼吸、每一场悲喜以及这尘世中的点点滴滴,从它们难以言状的存在,到它们井然有序的对称,无不在呼唤主的名字。我们有耳朵,可以聆听他的声音;我们有头脑,可以理解那是上帝在跟我们说话。这些更是对信仰的呼唤。然而,无论我们多么虔诚地信奉上帝,这种信仰都只会将我们带到海边,让我们面对这片浩渺的烟波。正是如此,我们对上帝的所有向往都藏在了旅途之中,等待我们去发现。而我们每个人的旅途都不可避免地要走过那令人生畏的区域:信仰与怀疑、历史与传说、希望与绝望。

以回家的方式开始自己的旅程确实很奇怪,但这恰恰是此次航行的第一段。2008年的初春,此次航行开始一年多前,我经历了感情的波折。正是在那个时候,家人和老朋友为了鼓励我,请我将"吉普赛月光"号从北卡罗来纳带到了马里兰。我的船在安纳波利斯港中找到了一个舒适的停靠点。当我遭遇生活中肆虐的风暴时，那片水域成了我精神上的寄托。我经常躲到这个遥远的避难所里逃避现实。然而，马里兰再也不是我的家了。

从那片北方的洋面出发，这次旅程——也就是本回忆录的主题——就已经开始了。航行了第一个300英里后，到了2009年的秋天，我发现自己比出发的地方离家还近。北卡罗来纳州蒲福，"吉普赛月光"号第一段航行结束后的停靠之地，距离新伯尔尼靠近纽斯河的避风港仅有一天的航程。我初到北卡罗来纳州时就住在新伯尔尼，那是1992年的四月。我是怎么到那边的，可以说是我这多舛的命运中又一段史诗级的旅程。

1984年，我26岁，刚刚从耶稣会法学院毕业。学校的学习，给我更多的是问题，而不是答案。我看准了休斯敦方兴未艾的诉讼业，来到了德克萨斯闯荡，希望赢得自己的财富和荣耀。财富我的确是得到了，尽管和我的同龄人相比并不突出。然而从事法律工作八年后，伴随着第二个孩子的出生，我对荣耀的看法发生了变化，像盛开过后凋谢了的德克萨斯黄玫瑰。

在休斯敦的一天清晨，一觉醒来后我猛然意识到，这个地方与生我养我的故乡相去甚远，自己乃是他乡的异客，还有两个小孩要抚养。我是多么想念凤仙花和云杉的味道，想念爽朗秋风中的漫山红叶，想念城市里的人行道、石头砌成的教堂、翁翁郁郁的青山，想念老邻居们和他们诉说着往事的房子，想念那有着和美国独立战争一样悠久历史底蕴的温情老社区。也许这一切对有些人来说比较奇怪，但如果你的童年是在开国元勋们曾经缔造美国式自由的酒馆和会议室之间度过的，那其他任何地方就都成了临时居住地了。我觉得自己在德克萨斯就像个无证营业的商家。板毛刷似的热带大草原和荒凉的海岸让我觉得这不是我的久居之地。

我所怀念的，不仅仅是脚下缤纷的大地，更多的是大西洋湛蓝的海水和环抱大洋的海滩。紧靠着德克萨斯州的墨西哥湾则是一潭灰暗、温热的死水，算不上大洋。然而，无论我的倦怠是出于何种原因，孩子一多，家庭负担一重，越发让我觉得这种孤独感如芒刺在背。于是，我们决定搬回东部去。

一位女士和她的丈夫接管了我在休斯敦的法律业务。我和妻子开着一辆破旧的沃尔沃车，踏上了这段1200英里的返乡路。后座摇篮里的小女儿哭闹个不停，坐在前面淘气的哥哥时不时地哄她开心，逗她玩，不过她却没怎么搭理哥哥。这一路上倒还算蛮欢乐的。

从我的法律业务中我还是赚了一笔的，用这笔钱我们在新伯尔尼买了个小房子，开始经营帆船租赁业务。我认为这是一次大胆的冒险。我知道，自己是有能力去得到一张北卡罗来纳州的律师执照的，只需经过6个月的等待期就行。但我没觉得重操旧业、回到法律这一行是十分必要的。我们过着简单的生活，不久之后，我开始用一条28英尺长的单桅帆船搭载爱好探险的酒店旅客和浪漫情侣，这条船是我从德克萨斯州跟家具和其他物件一起装运过来的。

即使推进的速度很慢，但我还是很快就面临严酷的事实了。还没过一个月，我就看清自己的失误了。北卡罗来纳不是马里兰，新伯尔尼也不是安纳波利斯。我自幼所熟知的帆船航海传统在这里并不流行。在南北战争前的美国南方，人们会往河流里丢弃废轮胎、死尸和其他所有他们认为羞耻或不知道怎么处理的东西。新伯尔尼现在的河边地区是很优雅很值钱的，但在我到那里前没多长时间，多亏了一些有远见的市民，它才幸免成为城市监狱的所在地。

在农村地区，我发现大多数船不是用来给人提供安静遐想的，而是用来进行滑水和钓鱼的。新伯尔尼的很多帆船都是移居此地的新英格兰人带来的。他们是看中了这边的低房价，来此颐养天年的。而从船驶出停泊位的频率可以看出，他们当中的一部分人已经深度退休，不怎么驾船了。

驾驶我的单桅小帆船"无畏"号时，河面上似乎总是只有我一个人。景色倒是非常怡人，即使是今天，造就了北卡罗来纳海岸的河流入海口也比北边的切萨皮克湾拥有更茂密的植被，海岸线也更加人迹罕至。这片广阔的低地上和风吹拂，是水手们向往的地方。从北方过来的游客在坐我的船游览时，会惊讶地发现一路上数英里的开阔水面看不见一艘帆船。东卡罗莱纳的烟草种植者们同他们的妻子坐上船后，会惊异于风力驱动的船是如此安静。（我不允许他们在船上吸烟，这一点他们有些不爽，因为飞出去的烟灰对于造价昂贵的大帆布来说就跟子弹一样破坏力十足。）

我没赚到多少钱，但在拥有纯白皮肤的爱尔兰后裔里，我倒是成了我所知道的唯一一个真正晒成古铜色的。我的驾船技术也有了提高，尽管仍然对帆船的柴油引擎一无所知，我也不知道为什么。那时的我就跟现在一样，柴油机维修工对我来说就跟大祭司一样，因为那可怜的铁块总是那么轻易地就被恶鬼附身了，我需要维修工不时地为它驱驱魔。

到了1993年2月，我被允许加入北卡罗来纳州的律师行业。两个月后我租了一个单间的办公室，重新找到了愿意付钱的客户和需要我处理的案件。我这么做完全是出于家庭的经济状况考虑的，因为租船业务收入太低，且无法继续发展壮大。

现在看来，说实在的，放弃休斯敦收入颇丰的律师职务，而去做单人帆船租赁这种儿戏一般的生意，我觉得自己做了件蠢事，有负于我年幼的孩子。我的确有更大、更有价值的梦想。实际上我曾经梦想有朝一日拥有一支船队，率领一队水手，去做进口零售贸易。我甚至以为有一天可以拥有一艘三桅帆船，在冬季里往返于北卡罗来纳、南卡罗来纳和加勒比海。这事儿没有太多技术含量，可以开展西印度群岛的香料贸易，也可以搭载有钱的美国旅客去旅行。然而，我发现自己与西印度群岛差了十万八千里，总在死胡同里打转，这最能将一个人的雄心抱负消磨殆尽了。有人告诉我，要赚钱，得先投钱。律师这一行的技巧是无法立刻转成生意经的，而梦想在梦想家和其他人的眼里，完全不是一回事。一般人里面跟我想法一致的不多。大多数人更喜欢的是躺在海边的沙滩上，而非驾船出海。还有一些人喜欢乘坐快艇，或者玩快艇滑水。剩下的人当中绝大部分晕船，真正爱坐帆船的少之又少。一年辛苦下来，付钱坐我船的乘客只有181个。

不过那倒也还算不上是艰难的岁月。那些年里，无论我的收入有多微薄，家里人从来没有觉得日子难过。至于为什么会这样，有句谚语告诉我们，"想象百合花的生活"。这话听上去很简单，但却微言大义，奇妙得几近诡异。这句谚语就是我家庭生活的写照，而此种经历中所蕴含的道理适用于我们每个人。我们总是那么胆小，那么多虑。生活中，很多情况下我们都无法放手去追寻自己的梦想。回首过去，我发现仅以一条帆船做租船生意是根本无法养活一个四口之家的，但我也明白了，要勇敢去尝试，不要害怕，即使失败了，也没什么好羞耻的。

在我的故事中，的确是"车到山前必有路"。有些事情你是看不到的。人生不会总是轻松愉快的，它充满了不公。然而，人生之花会在一些我们无法洞悉的计划中悄然开放。比如梦境，我们只有在睡着的时候才能清楚地看见它的细节。仅凭理性去思考，我们是无法记清、更无法理解梦境的。

很多人悲观地认为，任何类似"车到山前必有路"的想法都只不过是大脑简单、天真烂漫的幻想罢了。作为一个过着简单、浪漫、有声有色（如果不是幻想）生活的人，我并不会去质疑任何人的决定是否正确，也不会要求别人跟我一样选择快乐地遗忘。但当有人问我，如果上帝真的主宰一切，为什么他们的人生会如此误入歧途，为什么无辜的人会遭遇可怕的灾难时，我是不能接受这个问题的逻辑的。每当这世上发生一些我所认为的极大不公之事，而上帝没能插手阻止时，我就会想起婴儿刚出生时的状态。

新生儿的感知能力有限，出生的剧痛在看不见的他人眼里是那么欢乐，而对他来说却是无法想象、无从感知的危机。子宫里的生活跟他说拜拜了，但他将开始一段丰富精彩得多的生活。一个新的世界正期待着他的到来，还给他起好了名字。可这些他都没有能力去理解。他烦躁地哭叫，还被不光彩地拍打。然而，此刻他所受的痛是暂时的，注定将被彻底忘记。

我相信，我们人生旅途中所经历的那些苦痛也是同样的道理。在自己的人生道路上我就多次体会到这一点。别人常说，事出有因，即使是当时看起来无法理解的事情。既然事出有因，那么就暗示原因的背后有股力量在推动着它。

我记得有一位敢说话的电视脱口秀节目主持人曾经说过，他认为赎罪论的神学观点完全是一派胡言，因为他觉得上帝会为了救赎我们的原罪而去流血、去钉死在十字架上这种说法是荒谬的。说老实话，我跟他有着同样的怀疑。就连教堂也承认，我们的信仰是个没法去深究的谜（"基督死了；基督又复活了；基督还会再次降临"），但信仰告诉我们事实就是如此。谦逊的本能使我能够接受信仰，接受那些我无法用理性和智力去理解的事物。如果某个宗教只涉及人类的理性思维，那它的祭坛一定门可罗雀。世界远比理性所及的范围大得多，其创造者也必然如此。

2009年8月的一个晚上，"吉普赛月光"号在渐渐加深的夜色中驶入了蒲福的港口。回家的感觉真好，回到北卡罗来纳的感觉真好，回到新伯尔尼旁边的感觉真好。这里承载着我太多的回忆，有欢笑，也有泪水。夜色中，我独自一人沿着哈特勒斯角的海岸向南航行了数小时，心情别提多愉快了。我听到了美国海岸警卫队的交接班声,他们的广播声从北方大城市的雄健有力变成了南方小镇的轻柔舒缓。南方才是我的家。

尽管出生在巴尔的摩,小时候非常向往北方精致生活的某些方面——在长曲棍球比赛中打入漂亮的一球,在白喉鸟学院接受严格的钢琴训练等等——我却从来没有对北方的文化氛围感冒过,也无缘这样的精致生活了。自打我14岁那年第一次来到田纳西的农村地区后,我见识到了南方人的真诚、友善和团结互助。很多人经常会误认为他们只是出于礼貌,其实不然。这种感觉就像母亲的乳汁一样滋润着我的心田。

是的,我喜欢这里。既然如此,为什么我还要驾一艘半旧不新的帆船前往别的地方呢?个中原因就不是一下子能说清的了,并且,在很长一段时间里,连我自己也都没能想清楚。

10. 出发的呼唤是一种渴望

何时离开蒲福,以及最终目的地在哪里,我都还没有决定下来。我的心里很清楚这一点,即使我从未向任何人承认过,而且,我从安纳波利斯出发的时候就开始跟别人吹牛了,说"我要去拿骚"。告诉别人你要航行前往拿骚是件容易的事,尤其是告诉那些永远都不会去尝试这种旅行、但却对你要去这么做非常崇拜的人。这么做能够让你显得很有冒险精神,敢于闯荡,久经世故,而且极具浪漫情怀。詹姆斯·邦德曾经在拿骚泡过美女,跳贾肯努舞,还挫败了用核武器进行勒索的可怕计划。当你还在离拿骚1000英里以外的港口时就告诉别人你要乘帆船去那里,就像告诉他们你要写本畅销小说,或是要去竞选总统一样,说起来容易,做起来难。

事实上,我慢慢懂得了,乘帆船去拿骚的确是件很艰难的事。不仅仅是时间和距离的问题,而且对我来说更是心理上的一道坎。海风和海浪并不是唯一必须去征服的障碍,它们甚至不是最令我担忧的东西。整个航行的想法让我心里很矛盾,既期待又恐惧，既得意又沮丧，既自我满足又自我怀疑，既下定了决心又总是想反悔。

很多人——可能也包括您在内——都曾坐过舒适安全的小船从美国东北部前往巴哈马。沿途看不见陆地，也无需费力地争取获得七海游艇协会颁发的奖章。这我知道。我的叙述有些神经兮兮的，毕竟这又不是从泥潭里发射探月卫星。不过我倒是想坦白一件事：尽管现在您手里的信上，我貌似可以讲得头头是道，但我根本不是、也从来没能成为一位"资深航海家"。

真正的"资深航海家"都是极为自负的大海之王，喜欢撰写关于航海方法、风帆调节技巧和船体机械方面的书。他们总是让我受气，叫我恼火。我最多也只能说，他们之中没有一位诗人。这帮人都是偏理科的机械爱好者。堵塞的燃油通道、超载的电池或是出故障的电力系统可以使他们兴奋不已。他们会将咱美国人用于"建设国家"的才智和决心用在解决这些问题上，我的天。而对我来说，这些故障都是仁慈上帝的旨意：人类想要横跨大海，本来就应该点着油灯，而不是开着马达，带着足够可以开动一台冰箱和一座卫星气象站的电量。

然而，"资深航海家"们却很讨女人喜欢，好像只要给他们一把斧头和一盒火柴，就可以为她们建造一座商场似的。若是给我一把斧头和一盒火柴，我会为女人搭起一个宿营火堆，坐在火堆旁给她唱情歌。不过一旦开始下雨，火堆和情歌就都行不通了。

我想对初学者说的是，我惧怕这片大海。在这一点上，任何真正的航海家都会同意。我多次想象过，在海浪下面某个无名的地方，一座坟墓已经为我备好。经常我会在长时间的无聊观望中想到死亡，但更多的时候是为了计划如何避免死于海难。感谢上帝，我几乎从不晕船，但是因为我所爱的人有时会晕船，所以在进行一些艰难的长途航行时，我会选择独自行动。而这么做，我就得去忍受孤独与悲伤，尽管这样有助于长时间旅途中的睡眠，说不定还能进入梦乡，梦到我爱着的、念着的人们。

一旦踏上旅程，我就无暇顾及工作和家庭了。我在路上会不停地质疑自己开始这段旅程的决定，以及继续走下去的想法，还不提花出去的钱。在我的记忆中，没有一次远距离航行中我不曾在某个时候下决心要在最近的码头卖掉或送走这该死的船，解甲归田，去过一种小桥流水的田园生活。

然而，虽然郁郁寡欢，我却总是能听到一个坚定的声音悄悄地告诉我要"出发"。我无法告诉你原因，因为我自己也不知道。但是我能够理解这句话中的含义。这不是邀请我或是强迫我去"享乐"。我知道这些声音是谁发出的：是一位53岁的律师，他经常告诉我再去要一块生日蛋糕，或是去钻到灰暗舒适的小房间里，坐在沙发上昏天黑地地看DVD碟片，而不是去骑自行车、看书或是给读者写这本回忆录。

那些将航海视为娱乐而非生活方式的人对天际线是没有渴望的。他们所向往的东西可以在周末的俱乐部赛事中或者在始于港口、终于港口的一日游中找到。人们是不会因为想找乐子而去航行到见不到陆地的地方，去忍受可以几天都一成不变的乏味海面，去时常因为风暴的到来和远方陆地的未知轮廓而担惊受怕，去远离任何帮助。(说实在的,很多情况下真的是这样。)他们航行是因为他们知道旅程本身就是一种享受,可以带他们来到超越地理意义的目的地,而且无论走到哪里都可以感受到梭罗散文里描述的独特魅力。

出发的呼唤是一种渴望,渴望闯出这围绕着、禁锢着我们的遮帘,走出这亲近、熟悉、安全的小圈子,去看看外面的世界是什么样的。这是一种摆脱生活中纷繁嘈杂的呼唤,它让我们去再次体验那种探寻未知世界的原始冲动,这种冲动曾经驱使着我们去探索婴儿床的另一边是什么模样。在探寻的路上,我们中的大多数人会在某一点选择放弃。有些人没有放弃,有些人不能放弃。

也许有一天,呼唤着我"出发"的这个声音会被医生诊断为我自己都没有意识到的精神疾病。然而,现在它对我来说,就是我去航海的理由。毕竟,像马克·吐温这样的疯子才会给我们这样一段话:

> 20年后,更加让你觉得遗憾的不是你做过的事情,而是你没有去做的。所以,解开那些风帆上的绳索,从安全的港口出发,让风帆满载着信风吧。去探索,去梦想,去发现。

11. 面对最本真的自我

关于这次旅行的故事，我说得有些太早了。2009年秋天在蒲福做出出发的决定前，我还有另一个愿望要去实现，还有另一段旅程等待着我。

加里·查普曼曾经写过一本很棒的书，名叫《五种爱的语言》。在书中他说，我们每个人都本能地以一种或多种被明确定义了的方式去认识和感受爱。打我记事开始，我就是一个需要以被查普曼称为"肯定话语"和"肢体接触"的方式去爱的人。用不是那么专业的话讲，就是说我很没有安全感，需要别人的称赞和拥抱。尽管如此，我总是有一种本能去让人际关系总是不能满足这些需要。

迟早，我们都必须去面对最本真的自我。我也一样，尽管这来得很晚，并且是在我经历惨痛的离婚后，背负着经济上的窘困和情感上的伤痛时。我从这段经历中学到的东西对于我的生活可谓于事无补。我都不知道原来滚石乐队早就唱出过这样的感受，如果我一直在听他们的歌就好了。

是的，的确是这样。你不可能总是想要什么就能得到什么。我们都得去接受这一现实，成人一般都能做到这一点。但是你绝对应该去争取你所需要的东西，否则你将发现你的需要会在你人生的其他方面以不健康的方式被满足。这在我身上就体现得淋漓尽致，带来的结果是痛苦的、灾难性的。

然而，冬天过去，春天就会到来。苦痛的尽头就是疗伤和成长。在寻找爱和幸福的过程中，我渐渐明白了一些道理，这些道理并不是所有都与当今主流的心理学相符的。我所寻找的是"我的救世主"。

首先，我考虑了现今正统的自我救助方法，但不曾采纳它。这个理论认为，为了满足情感上的需求而去追求我们身外的某物或某人，是不健康的。只有当我们可以对他人的影响做到无动于衷时，真爱才会（或不会）在我们忙于从制陶或作诗、冥想或爬山、捕鲸或随便什么活动中寻找满足感时，像蝴蝶一样落到我们的肩头。我基本无法认同这种说法，主要是因为我压根就不想成为它描述的那个无聊的家伙。（我对蝴蝶的说法也不太买账。如果让我从动物王国里为我心中渴望之物的到来选择喻体，我会选择扑向猎物的老鹰，而不是什么蝴蝶。）而且，关于满足于独自一人生活的说法，我总是觉得保罗·西蒙的《我是一块石头》是首悲惋的歌，而不是证明情感上无恙的标准。

与之相比，我觉得更有道理的是芭芭拉·斯特赖桑德的话，她说"需要别人的人是世界上最幸运的人"。迪恩·马丁也告诉过我们，"在有人爱你之前，你什么都不是"，这句话同样很有道理。(我承认,迪恩说得有点夸张,但我们还是可以理解他话里的智慧。)主流的心理医生参加户外实习时都会怀着这些话中体现出的互相依赖性,但我敢打赌,他们的歌肯定不会卖得那么好。

当豪吉·卡迈克尔写下"没你我过得很好"时,他并没有愚弄任何人,而且那也不是他的本意。从情感上和社会学上讲,我们天生就是群居动物,我们都明白这一点。为防止冒犯到谁的音乐爱好,我总是会提起罗金丝和梅西纳乐队,他们在《丹尼的歌》中给我们的建议是:"如果你发现她让你更加智慧,最好把她带回家……"。这下你可以相信凯西·格森说的话的确不假了吧。

实际上,几乎没有人同意我的这些看法,至少所有女人都这样。分居离婚三年后,我发现自己漂泊在单身的海洋中,看不到岸在哪里,并开始感觉到阳光的灼热。我仔细翻阅了网上成百上千的婚介资料,开始关注四五十岁的女人(通常是离了婚的)对于男人的要求是什么。男人对她们来说,更像是一份用作配菜的沙拉,而不是主菜。

大多数女人都说自己对充实而忙碌的单身生活非常满意。她们明确表示不要找什么如意郎君,但是如果男人与她们不期相遇了,他必须准备好听从她们,将她们的警告"永远当成第一要务"。这样的警告通常是关于孩子们的,也有可能是关于大家庭或某种生活爱好。给不幸的老色鬼们的邀请信息是明确的:"如果你想搭老娘的顺风车,那我们之间的关系不可能成为我生活的中心,我们得围绕着其他一些事情。"我可不想这样,因为我不能认同这一点。

这些写得天花乱坠的个人资料就像马路旁边的广告牌一样，意在引诱疲倦的旅行者们在下一个出口处走进某人的私密空间，然而它们读起来更像是一个警告，写给闹鬼森林里的胆小狮子的：如果我是你，我就会回头。

为防止有人说我是在从小孩手中抢糖吃，我得赶紧补上一位天主教神父教过我的话。信奉天主教的男女在结婚前要上教堂的迦南预科班来检验他们是否已经准备好结婚了。神父说，他们回答这个问题的时候总是答错：哪个关系是你最重要的，你和孩子们的关系，还是你和配偶间的关系？

一般来说，父母都会将他们与孩子们的关系放在首位。某种意义上讲，这个回答是很有道理的。孩子们需要爱和呵护，这样他们才能健康成长，而在他们的成长过程中，他们的需求是如此强烈，如此频繁，以至于必须凌驾于夫妻关系之上。夫妇们总会乐于做出这样的牺牲。我就是这样做的，您很有可能也是这样。这里没有争议。

而且，男女之情会渐渐淡去，婚姻也有可能走到尽头，但父母与孩子们之间的羁绊是永不消失的，这是个不争的事实。然而，连天主教的教会都认识到了，当孩子们的生活围绕着他们父母之间的关系，而不是成为父母生活的中心时，他们和他们的父母都会过得更健康。

我小时候的一个例子就能清楚地说明我这一代人的父母中很多人——现在他们之中有许多离异的母亲——似乎失去的东西。上高中时，我玩三种体育运动，并曾在70年代带领大学曲棍球队拿到了冠军，但我记得我母亲从来都不参加任何运动，也只玩极少数的几种游戏。实际上，几乎没有人的父母参加体育运动，而我们也从不关心，从未注意。如果有客场比赛，我们会骑车或走过去，我们的父母只会在我们无法和朋友一起过去时捎我们一段。我母亲工作很努力，而当我十几岁时能接住传来的球或者跑得飞快时，她会认为我好像做了件很了不起的事情，疯了一样给我欢呼。尽管当时并没有仔细想，但我敢确定的是，在那些周六早上悠闲的时光里，她肯定有比这更加有意义的事情去做。只要进行体育运动，我就满足了，所以在力所能及的范围内，我都会带着热情主动地去运动。从来没人在比赛中途给我递过一盒果汁或一块饼干，还好我们队里有只带长柄勺的桶，里面装满了我们需要的冰水。

多年以后，当我已经开始执教我儿子所上中学的长曲棍球队，而他妹妹参加足球和体操运动时，这个世界已经彻底变了样。几乎所有运动员的父母都会像敌对的双方一样，在边线上排成两排，一站几小时，直到比赛结束。停车场也停满了微型厢式车。除了锦标赛肯定会来之外，家长们每一场比赛都要看，甚至大多数的训练也不漏掉。他们中的大多数人不是只来几次，而是每个周末都要来。有些家庭在学校放假时会像胆小鬼一样逃避训练，一起去度假，但很多都在家里训练，以表示他们"对球队的支持"。矮胖的母亲焦急地对着平衡木上的小女儿们大声叫着战术指导。成群结队的家长在中场休息时带着各种大餐跑进场地。尽管这些孩子们当中的大多数都过不了中学水平，但家长们还是会心甘情愿地花数百美元给他们买高级的运动装备，送他们到顶级的训练场和包含多天出游住宿的私人运动联盟，还会花很多时间亲自陪他们。

这样的景象似乎有些不对。但不用多说您也明白，在我自己的家里，我都不用刻意去说服其他人，就像其他大多数家庭一样这么做了。我放弃了争辩，加入了大多数。孩子们自然希望能和其他孩子一样，家长同样如此。在巨大的社会压力下，家长之道是一种需要精通的技巧，而不仅仅是得服从的规则。我们这些婴儿潮时期出生的人是史上最不善做决断的父母。这一点在我们孩子身上，以及我们之间的关系上都清楚地体现了出来。

承认吧：今天的孩子们大多都不像你们当年那样主动而独立。有人跟我说，青春期已经正式被延长到了三十岁。当父母把孩子们当成生活和婚姻的中心时，要么他们期待孩子们永远不要真正离开（这就造成了青春期的延长），要么当孩子们真正离开时，他们的婚姻就会像空了心的树一样枯萎。这棵树也许还能像石像一样站立，但若狂风袭来，它便会轰然倒下。

12. 人有时需要神的忠告

当我试图遵照斯特赖桑德、马丁、卡迈克尔、罗金丝和梅西纳等人的建议时，我发现自己是在螳臂当车。现在的问题已经不再是水晶鞋穿不穿得上，而是水晶鞋已经过气了，如果王子再出现在灰姑娘面前，灰姑娘估计是会报警的。

我不愿成为任何人的副菜沙拉或饰品配件，也不想去填补一块已经完整的拼盘，更不要去安慰某些人失意的生活。我也曾经遇到过一些很好的女人，甚至有一两次几乎就要陷入爱河了。然而，在努力了三年后，我发现没有一个人对未来的梦想跟我一样。2009年秋天的飓风季来临之前，我就像一艘运转不灵的帆船，在轻风吹拂的海面上四处漂流，不知所向。

那年感恩节前的周三下午是段悲伤的时光。当我离开罗利市，踏上前往蒲福的三小时旅程时，天已经渐渐黑了，气温越来越低。我的手机收到了一个朋友的来电。她邀请我到她家与她的家人共进感恩节晚餐。我做了一个艰难的决定，拒绝了她的邀请。但她坚持请我，于是我重新考虑了一下。

天气真的糟透了。接受感恩节大餐的邀请看上去是个不错的借口，可以推迟连夜乘船前往梅森波罗湾的计划。经过接下来一天的长途跋涉，我应该就可以到达邵斯波特了。我打算在那里停泊一个星期，然后前往拿骚。说实话，我对出航还有些恐惧呢。

让我惧怕的倒不是糟糕的天气、独自一人的航行或是从蒲福到梅森波罗的60英里海上航程。晚上在公海洋面，"吉普赛月光"号温暖得像一个小火堆，它随着浪花起起伏伏，跟婴儿的摇篮一样舒适。我所担心的是未知的将来，我生怕自己是不是又在做蠢事，又在乱花钱，之后又会追悔莫及。

我这一辈子几乎从来都没有安定下来过。经历过风风雨雨，囊中羞涩就是一个大问题。我得向离婚诉讼律师支付高额的费用，这要花上几年才能还清，而且在年老之前我每个月还得赔上一笔不菲的赡养费。律师业务进行得足够顺利，尽管我已经计划好了出发的时间，但如果回去重操旧业的话，就能赚到更多钱。我有太多的理由不去沿着海岸出航，不从那个当时看来更加安全的港口驶出来。

让我更难办的是，上周我接到了老朋友从靠近新伯尔尼的西北河船坞打来的电话。两年前我因为要进行巴哈马群岛的首航，所以放弃了在那个田园诗般的地方所拥有的停船位，结果回来再想停靠在那儿时，发现我已经排在了上百号人后面，等不到了。后来我不得不停到别的港口，进港时给的停船费比原来贵了两倍还多。现在我的老停船点又空着了，将船带回原来停泊的地方看起来非常合情合理。我只要从位于罗利市的家中开车两个小时就能到达。路况很好，港口舒适如家，附近的修缮设施一流，那条河也很熟悉——真的，太熟悉了。

这样的港口，每个记号都存留在记忆中，每张面孔都是一个老朋友。这种地方最适合老人和小孩。"还没到那时候"，我想。

我来到了蒲福的停船点，上了岸，发现"吉普赛月光"号一如既往欢快地在港口里前后左右摇摆着。船底干净，甲板清爽，一切都井井有条。三块漆刷得发亮的柚木舱口盖板围在舱梯周围，把它们移开，我看到下面船舱里的所有东西都摆得整整齐齐。有个地方放东西，所有东西也都在其应在的地方。按照游艇的标准来说，"吉普赛月光"号不算是井然有序的。（毕竟，它是艘用来作业的船，留下了各种磨损和伤痕。）但如果州长来到我船上做客，我是不会觉得在船上的厨房给她敬茶是件丢脸的事。

我将大三角帆卷到前桅支索上，并用动滑车将船尾和左右舷的帆布都收了起来。主帆已经卷在吊杆上，准备好出发了。我巡视了一下即将要经过的狭窄通道。这条通道建于1709年，通过它可以从船坞抵达吊桥，走出蒲福市。沿着城镇中的古街，靠近水边，有几栋漆刷得发亮的老房子。它们矗立在那里，见证了两个多世纪的风风雨雨和悲欢离合。不过在几条古街之外，已经鲜有旧迹的遗留了。通往船坞的主干道上，我经过了一个敞亮的橙色哈迪快餐标识——它已经成为新南方的标识，胜过了殖民地时期的渔民、商人和种植园主留下的遗产。

当出海的准备工作已经一切就绪时，我停了下来。这几个月一直搁置着的所有问题和障碍现在都要求我给一个最终的判决，一个痛快的抉择。我真的要走吗？我到底应不应该走？

位于城镇河船坞的港务局长办公室和船具店被一圈屋顶宽阔的门廊包围着，细心的工作人员在门廊里摆放了很多高背摇椅。我坐到了其中的一把上，向南眺望海面。一个人在黑洞洞的港口，白天时断时续的小雨变得更稀疏了。我可以看到不到四分之一英里以外低矮的桥，桥上发出的灯光，以及偶尔隆隆驶过的车辆。港口里万籁俱寂，一切归于安宁和静止，就好像管弦乐队正在等待指挥家的指挥棒再次抬起。

我并不是虔诚信教者们眼中的那种祷告者，但这并不意味着我不经常去祈祷。我很乐意去感谢所得到的一切，也愿意为我信仰的缺失而去祈求宽恕，因为我的所得如高耸入云的山峰，所缺如深不见底的山洞。事实上，当我试图去祈求造物主时，我可以感到一种强烈的冲动，要去践行礼数，保持谦逊，遵守规范。

我想，造成这种观念的原因一方面是我早年在新教圣公会的经历。在圣公会里，一脸严肃的教友们很少向外界展示他们对于教堂活动的狂热。另一方面是由于我所从事的律师职业。律师讲出来的话必须言简意赅、直击要害，要体现出尊重，不能因为一点小事就轻率地求助法庭的巨大力量。不过，大多数情况下，我之所以不去说祷告词，是因为我知道带走我祷告词的风同样搭载着其他一些人可怜的祈求，例如患上疟疾的病人，为病儿守夜的父亲，或在战争前夜守望或许不能再见的参战丈夫的妻子。而我，一个生活富足、玩娱乐游艇的律师，无病无患，生活无忧，在这个地球上最富有的国家享受自由。与他们这样的人一道祈求上天恩赐,我深感惭愧。

不过我还是会祈祷的,因为连小孩子都会这么做。我深知,无论我所真正需要的东西是什么,天父都会赐予我的。而且,我自己无需付出,就能卸下千斤重担,得到我真正应得的东西。

那天晚上在走廊里,我做了一番祈祷,求天父启示我到底该走不该走。我明白,想要踏上的这段旅程不是几个星期或几个月就能走完的,它要花上几年,而且我或我的船可能回不来。我知道这会花很多钱,虽不是乱花无度(船要花钱,但风是免费的),但也是一笔不小的开销。我想走,也觉得应该走,但一直以来的经历告诉我,我曾经觊觎过很多我不该追求的东西,我的判断力也并不总是那么可靠。彼时彼刻,我的自尊和自信是不足的。我需要指引。我需要天父的忠告。

有人说,他们能听到上帝的声音。我不敢肯定。我的信条是,上帝通过先知发出声音,但他从未直接跟我说过话。然而,我能够感觉到上帝的存在。并且,随着年龄的增长,我能够站得更高审视一切,这使我可以看到圣灵是如何影响我的人生的。同样,我不能说在城镇河船坞的走廊度过的半个小时里,我在摇摆、祈祷时看到、听到或是感觉到了什么。似乎上帝将这个决定权交给了我,于是我做出了我所认为的最佳选择。

如果要找些东西来证明我做的决定是错误的,这并不难,而且说到就到。当时船坞里的光线是很暗,但还比不上河面的漆黑一片。在穿过泥沼地连接船坞到主航道的支通道上,航标并未点亮。我应该找个指南针来导航一下,不过这段路太短了,我嫌麻烦。三个月前我来到这里的时候是白天，那次走这段路要容易得多。

驶离码头还不到一分钟，正当我开启引擎沿着航道向吊桥驶去时，我看到手里的GPS定位系统，一下子慌了神。在那该死的显示器上我找了半天船的位置。一抬头，我发现测深器上显示的船底水面高度急速下降。我以为是线路走得偏右了，于是向左转，接下来便感觉到船头突然向下倾斜，而船尾碰到了什么讨厌的坚硬东西。这说明，我搁浅了。

船一头扎进了城镇河的淤泥中，偏离了我急于要驶过的狭窄而无情的通道。这件事竟然发生在了感恩节前夜八九点钟的时候。

还好美国海运业素以高效出名，无论去往哪里，我肯定都会怀念这一点的。不到20分钟，一艘拖船就来到我所在的地方。10分钟后，这艘拖船将"吉普赛月光"号拖出了几码，把船头调整到正确的方向。又过了不到15分钟，我就驶过通道了，对着船上的无线电向吊桥的管理者说感谢和晚安。这时，我和公海之间已经没有其他东西阻隔了。

13. 紧紧抓住那些好的

无论是什么日子,一天中大部分时间里,摩尔黑德市入口处的海面都能让我想起洗衣机里面的情形。潮水和季风只是决定你是被冲着洗还是被转着洗。然而那天晚上,长长的海浪是慢慢涌来的,"吉普赛月光"号毫不费力地就驶出了海。向南转之前,我选择了一个较远的航标,以便前往威明顿市的梅森波罗湾。风从西北方向而来轻轻地吹着,我将大三角帆对着左舷,船稍微沉了沉肩,便开始了熟悉的慢跑。这说明,我的船正好是乘着后舷风向前行驶的。

在公海上,我目光所及范围内没有其他船了。月牙不见了,雨也停了,星星被云团挡在后面。从船尾看去,当摩尔黑德市南面的亚特兰蒂斯海滩上灯光渐渐暗去时,我将自动驾驶装置打开,在驾驶室里设了一只闹钟。这时船头正对着公海方向,所有的缆绳和帆布都运行正常。我把煮蛋计时器放在了驾驶室的床铺上方,设了90分钟,合眼睡下了。

漫游这件事有一种内在的神圣性,而这种神圣性极大地升华了漫游者的境界，让旅途本身成为目的地。在海上安静度过的第一个神圣的钟头里，我的思绪还一直萦绕在刚才所做的决定上，我去过哪里，要前往何方。很容易就可以注意到，在那个本应推掉其他一切事情去陪家人、会朋友、道感谢的假日里，我却孤身一人。尽管我的孤单是自己造成的，但这种感觉比与人一起用餐、一起欢笑的亲切感更加深刻。无论是在岸上还是海上，我的人生都已经来到了一个真正孤独的时刻。

我曾经希望我的孩子们与他们的母亲在一起，不要总是想要来探访我，因为当我的婚姻结束时，他们已经快升高中了。年轻人离开父母后可以开始他们自己的生活，开车、交朋友、做自己的打算。然而，我其实并没有准备好不能经常见到他们。要去衡量离婚和社交习惯各自在多大程度上造成了这一点不是件容易的事。不过，无论多少，最终的效果是一样的。

作为丈夫和父亲，我似乎再也找不到工作了。那些职业所能提供的强大动力几乎已经是我在23岁之后能取得的所有成功了。我曾经在那些行当里干得很棒，但现在却失业了，彻彻底底地失业了。没有什么比重新"就业"更让我向往的了。

我的思绪飘到了科罗拉多州阿斯彭市的一个教堂里。大约三年前，我在那里度过了一个凄冷的周六下午。那是阿斯彭市有记录以来雪下得最大的一年，周六的雪下了一整天。到二月底，雪下了大约21英寸厚。本来我应该第二天飞回家的，但我去了主干道上的圣玛丽天主教堂。牧师为了赶上预约在5点钟的忏悔，深一脚浅一脚地来到教堂。我以为他可以有一个小时的空闲时间，结果那天有三个人在等他，我还是最后一个。

我是在天主教教堂里结的婚，离婚前，我已经是一个有18年教龄的虔诚天主教徒了。那段时间里，我曾经担任过多个职位，从教区委员会的主席、青年组织的主管、基督教教义帮会的老师到哥伦布骑士三等会员。我对天主教的信仰感觉非常亲密，离婚后我希望教会再次给我信心，让我能够在那里重获姻缘，重新建立一个家。

关于那次结束我婚姻的出轨，我向牧师做出了忏悔。我等到在科罗拉多州的阿斯彭市才做忏悔绝不是心血来潮。因为太过羞愧，我已经不敢再去面对家乡人了。离婚判决后不久，我的那些丑事就已经人尽皆知，可我那时仍觉得自己是一个怀着黑暗秘密的男人，因为我的出轨与教会还有一定关联。

和我有染的那个女人曾是我们教区的非神职管理者。让人哭笑不得的是，她和我的私通行为终结了她和我们教区牧师的私通行为。那个牧师结果宣布放弃誓言，离开了牧师岗位，直到后来又重新宣了誓，去另一个教区供职。那个女人也辞掉了我们教堂里的工作，加入另一个教区，还维持着和丈夫的婚姻关系。可我的婚姻分崩离析了，这个丑闻成了我人生的最大失败。

阿斯彭圣玛丽教堂的年轻牧师人很好，很谦虚，但信仰很坚定。他向我明确指出，我如果还想留在教会中，有两个选择。一是余生一直保持单身禁欲，让独处来证明我信仰的虔诚。这我当然是没法同意的。我知道我是什么样的人，也明白如果让我保持50年的单身禁欲，我的生活只会陷入临床忧郁症而不能自拔。

另一个选择，牧师解释道，是去寻求宗教意义上的解除婚约。这需要我通过家人和朋友的证词来向教堂的裁判所证明，我25年的婚姻从来都没有在神圣的意义上存在过，尽管这场缘分为这个世界带来了两个小天使。

天主教义上的罪过是如此强大，我后来不得不去寻求教区主教（一位非常仁慈宽厚的修女）的指导，来了解更多有关宗教意义上婚约解除的依据。当这位好心的修女得知我结婚的时候才22岁，还很不成熟时，她很肯定地表示，只要做一次宗教意义上的解除婚约，就可以渡过这一关，我完全相信她的说法。可是，她表现得越肯定，我越是提不起兴趣。

两个任性冲动的孩子走到一起，彼此其实都不是真正适合对方，但25年前谁又能看得清？我开始觉得这样的审判有些自以为是、道貌岸然、甚至是恃强欺弱了。我们决定结婚，产生了极大的善缘，也结出了无边的苦痛。难道这不是人生的一部分吗？每次婚姻、每段人生不都是五味杂陈的一锅粥吗？我们真的可以靠一班陌生人将这一切归成一个决定，来评判20多年前发生的事是否神圣吗？

有些婚姻成功了，有些则失败了。有些曾经爱得海誓山盟，到头来却成为一场空。这是因为婚姻中的人们是会犯错的，人总是这样。有些婚姻中，夫妻之间缺乏亲密感，如果他们被送上这无比痛苦的审判台，将难逃婚姻解除的结局。然而教会并不回避这样的夫妻，因为他们还是继续住在一起，继续过着"不神圣"的婚姻生活。

我不是什么神学家，但我的确将圣保罗的话记在了心上，他说："考察每件事，紧紧抓住那些好的。"我考察了这些问题许多年，基督曾为一个身侍五夫的女子提供雅各井水，而教会现在让我在公开审判和打一辈子光棍之间做个选择，我从来都不认为这样两件事有什么瓜葛。

那一晚在海上，在从蒲福开往梅森波罗湾的60英里路上，我又像以前一样思考了这些问题，也得出了同样的结论：我相信，基督之血足够救赎我们的弱点和失败，不是一部分，而是所有。基督足够仁慈，我们中任何人若是没能跟随他的脚步，他都会允许我们从头再来。

14. 黑暗中的神奇声音

感恩节那天早晨，我抵达了梅森波罗湾，不仅因为活了下来而高兴，而且也感叹风和时间的缓慢累积可以如此轻易地将一艘11700磅的船搬到这么远的距离。不过我还是担心能否抵达约25英里外的南港码头，因为近岸内航道中的斯诺运河深度较浅，晚上在其中行驶是比较困难的。

从梅森波罗湾到南港，为了避开秃头岛外的煎锅浅滩，船必须取道这条近岸内航道。秃头岛是北卡罗来纳州向东南方向伸进大西洋的一个刺状的尖头。海水在这里堆积起来，大洋可以从深海一直升到浅滩。

而浅滩沿伸向了大海深处，直到墨西哥湾暖流西侧的附近。为了向南航行，并且安全地绕过这些浅滩，你就得进入墨西哥湾暖流，在以3节速度向北推进的洋流中逆流而行。相比而言，通过近岸内航道前往南港是条更容易也更安全的路，那边一直到佛罗里达的沿海航线上海水足够深，也在洋流西边足够远的地方。

我曾经6次不得不在晚上从内陆的斯诺运河经过。每次打那儿走都心惊胆战的，其中有一次尤其印象深刻。

那是2007年1月，我和其他三个人一起坐"吉普赛月光"号从新伯尔尼前往秃头岛。从蒲福出海的那一晚风平浪静，第二天上午10点左右，从梅森波罗湾吹来了一股凛冽的东南风，我们无法顺利地扬帆航行，只能开足马力前进。虽然渡过了这一关，但船上的动力已不足以支撑灯光，天黑后，我们只能在斯诺运河里缓慢前行了。

斯诺运河在流经公路桥时河面很宽，水也很深。但再往南走，到恐怖角河时，河道里航标间的距离变得越来越长，河道外浅滩的水深只有几英寸。为避免搁浅，我安排了一个人站在船头用手电筒找河道里的下一个航标，另一个人把舵，还有一个人在下面读取图纸上的水深数据，而我负责看测深器，同时统筹他们三人。当本来稳定在22英尺以上的测深数据开始下降时，舵手就得照着图纸所指的一条罗盘航向开船了。我们的船需要约5英尺的水深才能浮在水上。不过，运河里的水深并不统一，有些地方也是可能搁浅的。而且，我们也无法及时发现是否偏离了航道。

测深数据在不断下降中，当低于16英尺时，我问负责看图纸的人，我们现在所处的地方水深应该是多少。"22英尺！"他喊道。我担心船离齐膝深的泥淖只有一步之遥，于是从舵手那里一把夺过了驾驶盘，将船掉转180度，沿我们来的路往回走，回到安全的水域。就在那一刻，船载无线电的第16频道里传出了一个镇定而清晰的声音。

这个声音是冲着我们来的，我们的船正在斯诺运河中的航标之间航行，这些航标的号码和我们所处的位置他都认为没错，于是他呼叫我们给他回应。如果是海岸警卫队，肯定要先自报家门，同时要求我们转到工作频道，可他并没这么做。他只是要我们明白从当时所处的位置应该如何走才能回到航道中，回到航道后应该怎么走。他的指导意见是非常正确的。

完成这些后，他痛快地关闭了无线电通讯。我环视四周水面，希望能找到一艘停泊着的捕虾船或作业船，我猜是它的船长发现了我们的失误并通过无线电教我们返回航道。可当我发现那天晚上周围水域除了我们之外并无他人时，我不禁汗毛直竖。

我用无线电呼叫那个人对他的帮忙表示感谢，可是没人回答。我再次环顾四周，目光一直搜索到流向威明顿市的那条河，可还是连一个船影都没看到。

海岸警卫队会训练其所有无线电工作人员使用统一的海员式腔调。在坚持要求你转到工作频道 α-22 之前，他们不会跟你交谈，只会在第16频道里像下冰雹似的猛说一通。这家伙不是海岸警卫队的，但我们看不到他，也再没听说过他。

时间一天一天过去了，我猜想，由于发生在2001年9月11日的那件事情，我国的边境产生了许多无形的变化，包括开始需要了解在我国海岸线上来来往往的是些什么东西、什么人。也许没有比南港附近的区域更能体会到这种变化的地方了吧，因为那里紧靠着希伦哈里斯核电站。也许我弄错了，但我清楚地知道，那天晚上那头帮助过我们的独狼一定有双硕大的眼睛，这样才能看得清我们。

15. 一位寻找珍珠的水手

  2009年那年的感恩节天气很好，我顺流直下快速行驶过了斯诺运河，天黑之前几乎就到了南港船坞的码头。经过几个小时的航行后，我感到很疲倦，而且在感恩节来到卡罗莱纳海岸的沙嘴，孤身一人，又没什么好东西吃，自己感觉有些遗憾。

  船坞的工作人员都已经回家了，于是我将"吉普赛月光"号开到了加油码头的旁边。我计划在那里过上一夜，明天早上再去登记停泊处。刚到那里，我就不得不把船转到一个新的位置，因为那个靠近加油泵的位置没有电源，这是出于防火考虑的。最终，我把这老伙计拴到了一个好地方。旁边都是些豪华船只，包括一艘保养完好的巨大游艇。船已经不动了，我却还没能停下来，这感觉很奇怪。

  当我努力地摆脱掉海上航行对身体带来的影响后，我可怜巴巴地去船上食物储藏室里寻找感恩节晚餐可能的解决方案。一罐可爱的柏亚迪厨师牌意大利水饺成了我最终的选择。正当我准备用开罐器打开它时，有人敲了敲我的船。

我走了出去，看到一个女人站在码头，靠近港口救生绳的旁边。她来自那艘停在我旁边的闪亮游艇，问我是否愿意与她和她丈夫分享一些她准备的晚餐。我有点受宠若惊，心想她是不是在调停部队的先锋队里干过，不过我还是热情地答应了。于是我将那罐柏亚迪厨师水饺又放了回去。那个偶遇的女主人给我带来了一盘热气腾腾的火鸡切片、自制的肉汁、小红莓酱、绿豆砂锅、土豆泥、小圆面包以及一块南瓜派。我要不是一只手把在船上，估计都吓得掉下水了。

看到我如此惊讶，站在码头上的那位女子咧嘴笑了。我坚持要求给她拍一张拿着这盘食物的照片，而她也给我拍了一张拿着那罐还没打开的水饺的照片。她和她丈夫都已经退休了，当时正在佐治亚州和新泽西州之间的航道里漫游。她问我要去哪里，当我说出"拿骚"和"独自航行"这两个词时，我看到了意料之中她的反应：崇拜，又带有几分羡慕和担忧。不过说实话，我其实很羡慕她。

那女人回去了，让我享受美食。我知道，她所拥有的是一个营养良好而又充满爱意的男人，他会与她在枕边谈论这一天所发生的事，包括旁边船上那个奇怪的水饺爱好者的故事。那是我想要的，比我正在猛吃的食物还更想要，比什么都更想要。

那天深夜，在道完各种感谢的话、还掉餐盘之后，我打开笔记本电脑上网。此刻我脑中浮现起一个需要去完成的使命。

上次搞网恋还是一年半前的事。起初，在这个奇特的、程式化的寻人世界里，我几乎总是在白费功夫绕圈子，但很明显，我所走的路是注定行不通的。在个人简历里我机智地称自己为"一位寻找珍珠的水手"。我停顿了一下，考虑自己是不是真的想在刚刚开始一段旅程后再开始另一段，不过我已经做好了决定，这个决定就是在我享用那顿美味大餐时做出的。我真诚地致谢，感谢这一路的平安，感谢那顿美味，也感谢所有对我来说很重要的东西。接着我按下了"发送"按钮，躺下来沉沉地睡了一觉，连一个梦都没做。

第三章

海上仙女之歌

16. 无法忍受春天的迟到

在美国航海有一点让我很不喜欢，那就是寒冷的天气。不仅是气温低，而且感觉湿冷，因为在阴沉的天气里，冰冷的空气里还夹杂着雾和雨。写这些话时我就不禁打了个寒战。别看我在南方待了那么多年，我一直还是没能摆脱这份寒冷。我清楚地记得，海上的清晨，即使是靠近德克萨斯州的墨西哥湾上，我羊毛袜和皮靴上的每一寸都能感觉到冬日的寒冷。而穿着这身衣服，我曾经去过田纳西州一些树叶落尽的山顶上猎鹿。（这些鹿比我抗寒多了，因此它们愿意躲在看不见的角落一动不动地等待着，直到不时打着寒战的猎手不得不离开林子，去最近的汉堡店里吃点更容易得到的食物。）打那时起，我便开始向往遥远的热带海岛。打那时起，我便产生了现在的期盼和目标。

这份寒冷对水手来说就更加严酷了，因为水的温度回升较慢，当大自然其他一切都回春时，海水却还没有摆脱寒冬的困扰。然而，一个依恋船和海的人通常无法忍受春天的迟到。于是，倒霉的水手又回到了沉睡中的船上，打开破旧的船舱，要和船再次共舞，以缓解过冬的绝望。一个凄冷的清晨，他来到空空荡荡的船坞驾船出航。这景象就像一对情侣来到了一个没有别人参加的晚会上。然而，舞蹈还在继续，不管这冰雨有多简短和令人遗憾，直到船长（很明显，那个时候他已经等不及了）带着那永远不拒绝他的伴侣回到停泊位中，等待一个更加温暖的下午。

2009年12月，当我来到北卡罗来纳州南港的船坞时，情况就是这样的，而我打算前往公海。很自然，那一天色调灰暗，风很清爽，略有些凉。天空低沉，似乎伸手就可以够到。云团中充满了行将落下的绵绵细雨。换句话说，这就是"吉普赛月光"号航海日志里即将翻开的新一页。

跟往常一样，正式出发前我绕行了几段路。前些日子，有一位顽固的抗辩者第四次强迫我出具一些有特殊效力而又八竿子打不着的文件，为此他还计划了一个几乎无人问津的听证会，让我不得不推迟了这次航行。不过这次他又失败了，我来到法庭就这一点与他进行了辩论，一结束就去最近的电话亭换衣服，从律师变身为浪迹天涯的水手。当一切就绪时，我租了辆车开到南港，准备驾驶"吉普赛月光"号向拿骚进发。

17. 小船与拿骚的距离

现在，当我在岸上一边准备出航，一边与陌生人交流时，我有一种熟悉的动力。如果一位水手计划前往比航道最外面的航标还远的地方，那他在船坞那昏昏欲睡的人群里是很容易认出的。于是，不可避免地，人们都要来问他要前往何方。如果答案是一段在公海里的长途旅行，那我会从听者们的眼睛里看到闪过的担忧，似乎在他们的想象中闪现出了灾难发生时的场景。通常，出于不打击人的考虑，这样的担忧是隐晦地表达出来的。2007年，当我说出准备带"吉普赛月光"号在它的处女航中前往巴哈马群岛时，一位码头的负责人只是说了句："就乘这条船吗？"

说实话，就其总共32英尺4英寸的长度来讲，"吉普赛月光"号在航海船只里算是个另类，就像职业美式橄榄球比赛中出现了一位身高5英尺10英寸、体重165磅的中卫一样。倒不是说普通人就不能玩转这个游戏，我的意思是，球迷们会觉得看两倍于一般人身材的人打球更过瘾。

事实上，情况并不总是如此。在一本老相册里我收藏了一张照片，里面是一位我的老朋友。那是1975年，当时她正站在安纳波利斯港的火车渡轮轨道上。在她身后可以清楚地看到码头上各式各样的船。我早就已经记不清那个女孩是谁了。看到这张照片，我首先注意到的是那时停泊着的一排排帆船。而现在，你会发现同样的地方已经被汽艇给占领了。无需多言，这又证明了时代的洪流总是不断滚滚向前。第二，我注意到照片中最大的帆船看起来大概28英尺长，周围有很多小一些的船。而今天，大多数的造船厂都不会制造短于40英尺的帆船。美国人对船只的品味已经发生了变化，就跟他们对房屋的品味一样，想要的尺寸自从20世纪50年代以来扩大了两倍，而普通美国家庭的人口数量却以类似的比例缩小了。

然而，无论潮流往哪儿走，总会有逆向而行者。我就很乐意加入那些依然很欣赏简单小船的人的队伍中。我心目中的两个英雄是林·帕蒂和拉里·帕蒂，他们俩搭乘无引擎的且小于30英尺的帆船周游过世界许多次。我有一次登上了他们那艘名叫塞拉芬号的28英尺长独桅纵帆船，那时这艘船正在安纳波利斯的一次船展上亮相。船头（厕所）是简单的手动系统，帕蒂兄弟粗鄙地称之为"闭嘴便桶"。尽管没有引擎，它却两次环游世界。在挤得水泄不通、几乎无法航行的港口里，或在风不够强的时候，帕蒂兄弟用一把架在船尾栏杆上的长木桨摇船前进。

跟塞拉芬号一样，"吉普赛月光"号永远也不会在码头里花一天时间等待新的造水泵、雷达扫描仪、单边带电台、发电机阀簧、电力卷扬机或是如何制造出比温水低三度的冷藏系统的方法。这些奢侈的玩意儿它没有装备。不仅无需花费金钱和时间，而且可以省下燃油和带动引擎的电池，这些东西耗油耗电都很厉害。它就是艘简单的船，驾驶者也是个简单的人（但愿不是头脑简单）。

一般星期六那天，美国的码头和航海用品商店里都会人头攒动，各种军衔的、立志成为海军工程师的人都会来逛。如果他们的一套浸渍泵不灵光了，或一台热水器被腐蚀了，他们都会暗地里高兴，因为这可以让他们有理由整个周末都休息。当我乘着小船从港口驶出来准备出航时，我都会向这些人礼貌地招招手，以示鼓励。

假如一艘船不仅装备简单，而且比今天普通的45或50英尺的船更小的话，就可以省下一大笔钱。长度每增加一尺，花在船的保养和装备上的费用就会呈指数上升。更长的船需要更高的桅杆，更大的帆布和更重的绳索，这些东西的花费增长是与数量不成比例的。而且，36英尺的船无法驶进30英尺的老船使用的停泊点，必须在船坞里找尺寸大一号的地方停——通常是40或50英尺的，这样一来每年又得多给几千美元。就算船的长度只增加一点点，拖运、船底油漆、清洁、仓储、保险和船壳修理的费用都会大幅上涨。J.P.摩根曾说过一句名言：任何询问过拥有一艘船要花多少钱的人都是用不起船的。说这句话时，他正站在他的那艘302英尺长的海盗号蒸汽船旁边，像"吉普赛月光"号这样的小船跟它相比，真是差远了。

使用中等长度的帆船在实际操作上也更方便，一个人驾驶就够了。如果带上老婆，那她的任务就只有在老公万一不幸丧命时去叫辆出租车。而一艘设施完整的50英尺长船上，船长不得不经常像以前英国海军曾经强行征人入伍时所做的那样，向邻居借用水手，请求壮丁帮忙，只是没用暴力手段罢了。加入的人帮忙将他那昂贵的宝贝船小心翼翼地弄出泊位，跟踮着脚走路的大象一样。作为奖励，他们可以享受到船主慷慨的招待。当午后的雷雨来临时，尽管那些水手们都已经吓坏了，但船主还得派他们去船的高处，与主帆上巨大而不断抽动着的柏油帆布搏斗，把它按到倾斜着的湿滑甲板上。这么让朋友受摧残，船主下次再想请到足够的人手来帮忙就更困难了，这样下去到最后他自己的一腔热情也会逐渐耗尽。当那一天到来时，他那艘漂亮的船将会在船坞与她巨大的同类们一起颐养天年。直到附着船底的甲壳动物或船只经纪人来接管它，它会被开开心心地送到其他某个不知情的、梦想成为海军上将纳尔逊勋爵的人手里。从大多数水手生活中的这种轮回，有人总结出了一句谚语：拥有一艘船就像身着雨衣站在冷冷的冰雨中撕着百元大钞。聪明人会在撕到20美元的钞票时就跳出去甩干自己了。

  有些离题了。我说这么些东西，只是为了解释为什么当南港船坞的一位码头工人在听到我计划驾驶"吉普赛月光"号不间断地驶往拿骚时，吃惊得倒吸一口凉气，而我却有点愠怒。我感觉他是在小瞧我的船，当时它旁边正是一排排身居闺中、呼呼大睡的巨船，尽管可能他也没这个意思。实际上，那位码头工人抬起的眉毛越发地让我感到恼火，因为它们道出了我一直没有说的疑问。

我知道，2009年12月4日，当我站在甲板上准备扬帆，一一查点清单上的各项事宜，并带"吉普赛月光"号出海时，我将能够实现出发时的愿望。同样，我也像少年棒球手一样，当自己被叫上场之后，就清楚地知道自己的双脚可以最终走到击球位置，即使他也同样怀疑自己的挥棒是否能够击到球。

其实我当时不认为自己真的可以一路抵达拿骚。不知出于何种原因，我允许拿骚在我每天的想象中出现，成为极富荷马史诗意味的目的地。

离开之前，我的牧师在我船上的货物中加了一本书。这本书讲述了罗利市基督教教堂的历史，那是一座古老的石头堆砌的教堂。牧师请我将它作为礼物转交给拿骚教堂的牧师，那里的尖顶教堂是在1830年建成的。尽管我当时还没意识到，但这次旅行倒是让一些人觉得我满可以找几个好的施洗礼者与圣公会教徒一同为我祈祷的。

18. 当浪花涨到5英尺

恐怖角河的河口宽阔且荒无人烟，毫无特色可言，那里是北卡罗来纳州的土地伸进大海的最东南角。一些日子过得很滋润的居民、厌倦了提供服务的工人和回乡的度假者们乘坐着私人渡轮从秃头岛前往南港，这些匆匆的过客目睹了一艘32英尺长的单桅帆船独自向着公海进发。天空和大海融为了浅灰色的一体。在那条深深的货运航道上，硕大的海运船来来往往，船只必须时刻保持警惕，防止被翻涌而来的潮水冲到浅滩上。

南港周围的水面上有一种荒凉的忧伤，似乎不欢迎任何人。那里没有装饰得五光十色的小帆船，没有欢笑着在沙堤上跑来跑去的孩子们。人们乘着船快速经过这些道路，决意前往别的地方。这是个存在于其他地方之间的地方，就像是夜晚的墓地，驱使着人们不要逗留。我也不例外，急切地想要离开此地。匆匆经过后，我回头望去，看到了从橡树岛发出的灯光跟随我的脚步扫了过来。终于，我又来到了海上。

晚上5点钟，我穿过几朵轻盈的浪花，来到了外航道的航标处，对着煎锅浅滩测了一下角度，以避开它航行。我朝着197度偏西南的磁场方向前进。一开始，"吉普赛月光"号上只有船头的三角帆在向右舷方向飘，后来又只有主帆在工作。船拎起了它的裙子，沉下了它的肩膀，在很长一段路中以6节的速度航行着。这段航行是它找到节奏的过程。风鞭打着它的脚后跟，它跑起来像是一匹未曾忘记赛场刺激的老赛马，即使已经赶不上年轻小母马的速度。

夜幕降临后，一场小雨淅淅沥沥落下，我跑到了船舱去躲雨。在如何使用带监控器的自驾驶风向标上，我还有很多东西要学。对于初始的航程而言，它就是挂在船尾的一个钢质的摆设罢了。当我掌握了线张力、风向标方向和风帆调节之中的奥秘，有能力让这东西运转之后，它总算证明了自己是件多么令人惊奇的小装置，能够让船连续几天保持稳定的直线航行，而无须我用驾驶盘去多管闲事。但是很明显，这台监控器无法做到的是在完全顺风的情况下让船保持走直线。而离开南港的那天刮的是北风，对我来说正好是顺风。

电子自动驾驶装置会很耗电，但好处是不用管风速和风向。它可以使船保持航向，是我唯一能够在雨下个不停的夜里使用的驾驶室装置，让我得以喘口气。于是，当风帆都已经完好地收起来后，我开启了自动驾驶装置，将它校准到罗盘上完全顺风的航道。船在海上顺利地运转着，而我下到温暖的船舱里开始享受美妙的宁静时光。

这段宁静的时光并未持续多久。夜空下，自动驾驶装置坚韧地指引着船在风雨中行驶。浪头涨到了约4英尺高，不断翻涌上来。浪将至时，船尾陡然升起；浪经过后，船尾又猛地滑落。自动驾驶装置必须与船只转向面对风的本能去抗争。风越发猛烈，加在自动驾驶装置上的力也越大，它发出了嘎吱嘎吱、咔嗒咔嗒的呻吟声，为的是让"吉普赛月光"号能够准时到达教堂。

第二天接近黄昏的时候，我在航海日志中记录下："离查尔斯顿东北28英里处，狂风巨浪，波涛汹涌。"这时候该换成风帆了。去年夏天在安纳波利斯时，我请了一位修帆工裁剪了一面风暴时用的斜桁帆，又找了一位绳索装配工在桅杆上安装了一套不锈钢外索道来悬挂它，所以我知道现在换风帆是"安全"的，尽管我之前从未觉得我会需要这玩意儿，因为它是种老式的装备。在今天，100艘船里只有1艘会用风暴斜桁帆。拥有一件这样的装置我觉得很高兴，不过说实话，我以为我在公海上需要使用它的次数就跟我需要去躲防空洞的次数一样少。我又错了。

当浪花涨到5英尺高时，我从船舱顶部找出了风暴斜桁帆，努力回想它的哪个角是安在哪个地方的，这时那面坚硬厚重的新帆从它的袋子里漏了出来，飘扬在湿漉漉的甲板上。在主升降索的拉动下，它沿着桅杆的轨道上升，直到伴随一声啪啪的巨响在清爽的风中完全展开，就像是在颠三倒四地给人敬礼。尽管它只有主帆的三分之一大小，但是在狂风中，斜桁帆会剧烈地拽动握在我手里的拉索。我发现自己的力气已不足以将其拴住。原来我忘了装一个滑轮组来快速升起它，但是我可不能就这么放开这匹野马头上的缰绳任其狂奔。

在那儿傻站了一会儿，我的胳膊就像指挥《1812序曲》的指挥棒一样在空中来回急速扭动着。随后我想出了一个办法，走到驾驶舱旁，将绳索套到张帆杆边缘的一个金属环中，再回头穿过风帆帆耳的索环，然后再穿过张帆杆的金属环。这样我一下就占据了主动。通过缩短绳索，我拉紧了这面像连枷一样抽打着的帆布。这样一来，整个世界好像都突然变得安静了。因为帆的面积减小了，所以船的摆动也就变慢变轻了。然而，自动驾驶装置由于要抵抗波浪施加在船舵上的压力，保证船和船员可以沿着笔直狭窄的通道前进，依然在嘎吱嘎吱、咔嗒咔嗒地响个不停。

19. 希望、恐惧、遗憾与大海

我将一份向往带到了海上,它陪伴着我度过了阳光明媚的悠闲日子和漫漫长夜的守望时光。尽管孑然一身,我却总是有我的思想相伴,那是希望、恐惧和遗憾的五味杂陈。它们和大海的声音一起,翻滚于我无尽的思绪中。

在离我睡觉的地方仅几英寸处,我听到水在船壳上流动。那声音仿佛潺潺的小溪,流进了我的曾经。我非常珍惜这段记忆。我在想,如果我们总是能够像水手清楚地倾听船的伴流声那样感知到生命中的每一刻从身边流过,那我们是不是都应该更好地去利用和品味我们待在这个世界上的时光呢?

那些闲暇时光里的思绪总是会转到另一个想法上。我不清楚她是谁,甚至不知道她可能是谁,但我在苦苦地向往着她,这份向往已经徘徊在我心中数十年了。我学会了请求上帝赐予我所求之物,无论他会有多么不愿意。因此,尽管我曾经无数次祈求奖赏,而不管是付出什么、努力、行善、金钱抑或是强行做出的计划和安排,都无法得到,可我还是会向上帝祈祷。我想要一个大的赏赐。也许无力改变天意,但我希望人间能有与之最接近的存在。我祈求上帝能帮我找到一位可以共度余生的好女人。我记得我仰面朝上将祈祷举向天的那一刻。这是本次旅程中我两个祈求之物中的第一个。

从某种意义上说,我们每个人都是既孤独又受伤的。然而在城市里,人们的日常生活充满了起起伏伏,这让我们变得麻木。没有什么比一个人待在外海里的一艘小船上更能代表真正的、彻底的孤独了。这会让你的头脑变得清晰,让你远离其他所有事物和所有人,让你深深地感觉到自己的渺小,尽管倒不是让你感觉自己不重要。远离了霓虹灯和车流,远离了沃尔玛超市,远离了时事评论家和政客们的喋喋不休,最终剩下的就只有上帝了。当上帝成了你唯一的伴侣时,你要么得忍受寂静,要么得虔诚祈祷。

美国的流行文化长久以来都推崇坚定的孤独者。他们不会祈祷,只会像斯多葛派一样默默忍受着人生的苦难。在歌曲和电影里,他们总是占主角。我从来都不是这样的人,但是在很多年里,每个晚上我都会就着《亡命之徒》的歌声送小儿子上床睡觉。我边弹吉他边唱,尽管弹得不咋地,但歌词唱出来仍然非常真实:"从你的围栏上走下吧……让一个人去爱你,在一切还不太晚之前。"开始这段旅程之前,我就一直在从围栏上往下走,去寻找真爱,可找了很久都没找到,似乎我注定会成为这首歌里唱的那个落下遗憾的流浪者。

然而,如果向往变成了不顾一切的冲动,那就危险了。很多孤儿正是因为父母的冲动而成为孤儿的。离婚后,我并没有多费周折，就学会了在生活中选择用耐心和沉思来克制冲动，因为我开始去寻找一个真正的伴侣和朋友了。这，也是一段旅程。

在那段朝圣的路途上，我已经学会了斩断停滞的、缺乏活力的、有时还伤人的关系，最终通过频繁而心平气和的"剑法"练习，习得了一些不错的技能。我学会了去说"不，谢谢"，"还没"，"不再"，"再见"以及"总算解脱了"，也学会了去照顾自己内心的渴望，而不是怜惜别人的失望。到最后，我身后留下了一串受伤的、破碎的心，我自己的也在其中。可是，没人可以在这样的刀光剑影下活得长久。

为了避免深陷孤独而不能自拔，也为了赋予我的旅程以更大的意义（或者也许应该说让它看起来是这样），几个月前我写信给拿骚教堂的教区牧师，告诉他当我航行到他的港口时（我一定是带着胜利者的荣耀写的，这看起来好荒唐），我将会很乐意去为教堂做一些体力活。我没有收到回复。这并不意外，巴哈马人又不是土著人，不需要我的帮忙，但我并未泄气。尽管后来未能达成，这个小小的使命却给了我一颗更加明亮的星星去追随。

20. 永不停下脚步

风愈加猛烈了,气温也在下降,尽管"吉普赛月光"号正沿着南卡罗来纳州的海岸一路向南。夜空中不时落下一阵冰冷的雨,让人感觉很不舒服。雨点飞入舱中,就像是躲在黑暗里看不见的刺客用狙击枪打出的子弹。电子自动驾驶装置继续大声地悲鸣着,在一片桀骜的顺浪海中保持船舵的平衡。

当我终于看到海上浮标标识着的萨姆特堡河道入口时,已是深夜了。但我知道我来得正是时候,北风关照地以稳定的速率推我向前,而顺流的浪花则又加快了我的速度。这时南港已经在我以北约130英里外了。"吉普赛月光"号又一次撒开了双腿,奔跑着像陷入爱河的少女一样。

萨姆特堡河道是进入查尔斯顿的通道的名称。大型船只从远处的海面上就排成了一队,一直通到两个矗立岸边的发光河道航标处,前面一个略矮,后面一个略高。这两个航标的功能就跟步枪上的瞄准器一样。当看到它们的光线成一排时,舵手就可以确定他的船是朝着通道较深的中间部位航行的。在将船向岸边方向快速开进时，舵手的任务就是保证自己眼里所见的两个河道航标连线是垂直的，就像将子弹射出枪膛时那样。如果较矮的河道航标在较高的那个下面看起来偏向了右舷，那水手就知道了，他的船正在偏离航道，朝着码头的浅水处驶去，反之亦然。

走完这段航道继续向南时，我已经在河道里距离萨姆特堡17英里的地方了。看到一闪一闪发亮的海界浮标从船边经过，我感觉有些吃惊，似乎自己离开人类世界已经很久了，虽然其实只过了一天而已。我沿着垂直方向穿过河道，向远处看去，看到了河道航标上的灯像机场跑道一样排列开来。我知道，那是一条通往安全舒适的道路。尽管在公海上，我像摇篮里的婴儿一样安全无虞，但同时也像没换纸尿裤一样感觉很不舒服。

然而，自从八月份从玛格西河出发以来，舒舒服服地登陆查尔斯顿本就不是我的使命。没有什么能够阻止我，我不会停下脚步。船沿着航线一直前进着，尽管风吹浪打让我无法感觉舒适，但这充其量也就是一阵寒冬之意，根本算不上风暴来袭。我再次坚定了信心，目送查尔斯顿在船后渐渐消失后，看了看前方路线的图纸。

从查尔斯顿往南，美国本土开始逐渐向东延伸，这使得海岸线与墨西哥湾暖流的西侧靠得更近了。到了佛罗里达，洋流离岸边就只有1英里了。从南向北流淌的墨西哥湾暖流，对于任何从北向南吹的风都是不共戴天的仇敌。当这俩相遇时，必定要拼个你死我活，在海面上掀起惊涛骇浪。单人驾驶的小船绝不会想去混入这场战斗中，就像没人愿意去分开两只打架的猫一样。显然我是不想去给猫劝架的，我也清楚地知道，这种事就发生在东面，距离我30英里左右的地方。

因为除了我自己的双手外，没有其他人可以帮我保持向南行驶，所以我很依赖电子自动驾驶装置的大力支持。风向标是种奇妙的装置，但有个局限，那就是它无法在刮北风且顺流的海上让船保持朝正南方前进。只有知晓航向的电子头脑（而且有足够强大的机械力量）可以做到这一点。到目前为止，轮式自动驾驶装置都是伴随着呼呼作响和咔塔咔塔、嘎吱嘎吱声，凭着极大的决心在冷雨中完成任务的，这样的毅力不是我和其他任何人类舵手能拥有的。

船开始漫长的跋涉后，我躺下来眯了一会儿。合上眼睛不久，我就听到塑料破碎和齿轮扭断的声音，电子自动驾驶装置发出了临死前的痛苦挣扎。这台机器终于向无情的大自然投降了，我失去了对船舵的控制。自动驾驶装置的机械臂狂乱地发出呼呼声，警示我船已经偏离航道，但我现在只能忽视这警示了。我跳了上去，跑到甲板上。

电子监工一咽气，"吉普赛月光"号就随心所欲地转了向，直面这天气了。这时她驶向了东北方，沉下肩膀，紧跟风向，这么走下去倒是一条去往爱尔兰的不错航程，如果我想去那里的话。

我走到了驾驶舱外准备实施备选方案。狂风暴雨原本只是躲在干燥的船舱里看到的壮观景象，现在却成了无以复加的烦恼。我决定要用上监控风向标，去完成一项它几乎无法完成的任务，那就是向正南方行驶。我将风向标设定到朝南偏东的航向，调整了绳索，希望能产生最好的结果。当船最终可以保持可控的向东南方行驶时，我激动得热血沸腾了。

我本以为可以朝东南方向向南走上几英里，直到发现受到了墨西哥湾暖流的不断鞭打。那时候我可以往回走，向西走到海岸边比较平静的水域。但是还没等我想好，船就克服了风帆的航向纠正，又开始不受控制了。我命令它向南，它却向正东方向走，就像个傲慢无礼的少年，虽不去爱尔兰了，却要我放它去非洲。这可不行。

我坐在不住摇摆着的、有雨打进来的驾驶舱中，一次又一次地调整操舵索的张力、风向标的角度和风帆的方向，并向某位专管自我操纵的神明发出祈求。这时我在查尔斯顿以南几英里处，离海岸已经很远了，身穿一件滴滴答答漏雨的、10美元买来的雨衣。这雨衣的象征意义已经大于其实际作用了。

最终，风向标又使船向东南方向走了一会儿。我等着它再一次偏离航道，不过它没有。似乎我已经找到那神奇的理想状态了，可以让风帆、船体和驾驶盘在这针锋相对的嘈杂中将船驶向一个设定的单一方向。我对自己的努力很满意，也祝贺自己没有向掌管天气的神灵投降。随后，我回到了温暖舒适的船舱，度过这寒冷的夜晚。

我累坏了。如果遇到糟糕的天气，能断断续续地睡一会儿就已经很不错了。那天晚上当我在小船的肚子里躺下时，我已经适应了船向前行驶的节奏，就像我通常能做到的那样。驾驶员床铺有6英尺4英寸长，在船尾靠左舷的位置，躺在那上面时我是处在水面以下的。我的身体随着船体穿过浪花而上下左右地摆动着，但幅度很小，因为我在船的重心以下。在这样的侧顺风行驶中，风从左舷吹来，帆则朝着右舷，船在向前进的同时会像小孩玩的摇摆木马一样有规则地点头。这样的动作不断地重复着，催我又一次进入了梦乡。两小时后，在不停的摇摆中，我被粗鲁地摇醒了。

那时差不多是凌晨4点，我只能去猜。因为天气原因，自从很久以前，我就放弃了记录航海日志的好习惯。醒来后，我发现风更大，浪更猛了。它们合力击垮了自驾驶风向标的意志，"吉普赛月光"号又再一次向东走了。"不去非洲就哪儿都别想去"，我这任性的船似乎在跟我说，那天晚上就别想往南走了。

虽然正在往墨西哥湾暖流的方向前进，但我可没准备和它掰掰手腕。这样的抗争是毫无意义的，因为我会被洋流挡住停在原地不动，甚至还会被慢慢地送回到出发的地方。我一次又一次地调整着风向标，然后筋疲力尽地在驾驶员床铺上躺一会儿，直到风帆的拍动声和船体逐渐倾斜的角度告诉我船又不听指挥了。

这场意志的较量一直延续到了黎明时分，船终于在灰色的天空下停止前进了。我站定后，发现自己来到了距查尔斯顿以南约20英里的地方。我知道我得回到那里去寻求庇护了。一阵悔意袭来，早在自动驾驶装置坏掉时，我就应该回头了。

当时的那种挫败感我现在依然记得。我并不幻想去拥有波澜壮阔的英雄式命运，但我依然暗暗自豪地认为，这次旅行在某种程度上是会因为上帝的眷顾和仁慈而受到保护的。如果我在努力前往拿骚的路上受到了挫败，那便似乎是违背上帝和我的计划的，怎么说我也是前往当地的教堂完成慈善使命的。也许就这一点来讲，我是把自己的无私想法看得太重，而上帝倒没有。

我到底是在糊弄谁呢？望着镜子里的自己，我只看到一个娇生惯养的、以自我为中心的、深陷中年危机的中年男子，因为桃色的丑闻、破碎的婚姻和失败的事业而选择逃离。可是我也能从镜子中看到一个朝气蓬勃的17岁男孩，他终于在40年后实现了当年的梦想。在那天，一艘坚强的船开到了连绵不绝的天际线上，船上的人有自由的权利和意志将它开到那里。我并没有去评判这个男子和男孩，我也祈求上帝不要去做出评判。

那时候，我还在以一种从未做过的方式去恳求上苍。我躺在自己的床位上，因为努力受到了挫折而对整个事情感到恼火，我对着天空说了三个字："为什么？"这是我该旅程中的第二个祈求之物。

我知道我不应该等在茫茫的公海上寻求答案。有时候似乎上帝读我信的速度还没有我读他的快。可就像圣保罗教导我们的那样，我们看到上帝的计划走了弯路，只是因为我们是透过一块暗黑的玻璃去看它的。我的双眼无法看到的、我的头脑也不知晓的是，我的祈祷收到了一个回答，那个回答已经在我手中了。

21. 迷雾很快就要消散

查尔斯顿港是我比较熟悉的一个港口。2003年我就是在那里从原来船主的手中买下了"吉普赛月光"号。那时候她的名字是"月光"号,之前还叫过"吉普赛个性"号。航海者有个迷信的说法,那就是船不应该更改名字,于是我将这两个名字合在了一起,叫"吉普赛月光"号。迄今为止我可以说,海神尼普顿对此很满意。

2007年我又一次特意来到查尔斯顿,当时"吉普赛月光"号正搭载着四个人前往巴哈马群岛。在那段更加平稳的航程中,我安排前往阿巴科群岛,在六个周末的时间里走完了一系列120英里长的直驶航程。我们沿着美国东海岸走,每段直驶航程都安排了足够的船员来保持24小时都有人站岗。不管我的雄心有多大,想不间断地完成第二次到这里的旅程,似乎都还是跟以前一样走走停停,只是这次没有其他船员了。

回查尔斯顿港航道所走过的20英里中,我遇到的都是顺风。假如我前往的是公海,那就吓人了。可我也明白,这是承认失败后的打道回府，于是，这段路走得就像坐出租车一样令人提不起劲。漫长的几小时后，船才又一次回到萨姆特堡河道，这下我才认识到，前一天晚上船走了多远，我和风帆到底搏斗了多久。

中午时分，我终于来到了航道中，"吉普赛月光"号的双气缸柴油引擎又一次开始隆隆作响了，而它也再次被从旁边经过的大型集装箱船的阴影笼罩了。穿过萨姆特堡河道的这段路漫长而乏味，而且没有任何明显需要注意的危险地带，能做的只有傻傻地待在靠引擎驱动缓慢行驶的帆船上，忍受这令人麻木的无聊。此刻我的思绪早已飞到了数英里之外，忙着计划在这段无聊的返航结束后回到罗利市要做什么。突然，引擎的传动装置掉了链子，我走不了了。

于是，我放下了方向盘，跑到船舱顶部升起了帆。"吉普赛月光"号现在失去了领导者，自己在航道中做着躲避和转向。当风帆终于吃到了风、可以开始驾驶时，我把船开进了浅水里一个受保护的锚地中，还没收帆就抛下了锚。锚头插进了沙子中，巧妙地将船尾的锚绳拽直，套住了整条小船，就像母亲捏捏不听话小孩的鼻子来让他注意一样。我躺在萨姆特堡的影子中，想到这里是美国内战打响第一枪的地方，不禁要问，到底是谁在刚才的旅途中射杀了我的自动驾驶装置和引擎传动器。修复进行时，我不可能在短时间里离开查尔斯顿了。

一位看起来像是拖船船长的人（我发现这些人看起来都好像）很快来到了现场。他扔给我一段套船索，来将"吉普赛月光"号从阿什利河的激浪中拖出。阿什利河流经查尔斯顿城市船坞，那里就是七年前我第一次见到我的船的地方。

查尔斯顿城市船坞里的工作人员都是很有礼貌、乐于助人的南方人。他们穿着硬挺的制服，无疑出身于以前被视为"更优越"的家庭中。至少，他们根本不会问我是去干吗的，也不会跟我要服务费，不过如果要他们在"吉普赛月光"号修复前照看它的话，可得花不少钱。

接下来的四个小时里，我所做的就是在船坞的斜坡上推独轮车，将小山一样的供给和食物从"吉普赛月光"号上卸下运到一辆租来的小车上。我不能确定维修引擎需要多少时间，也不知道我付不付得起维修费。而且在我内心深处，对于将旅行继续进行下去的想法，已经不像两天前那么痴迷了。曾经看似如此激动人心和富有挑战性的事情，现在却是这样孤单且昂贵得要命。我又开始脑子发热，想把船卖掉了。我知道这种想法有些轻率，但我决定在开车返回罗利市之前将船上所有有附加值的东西带走。如果最后只能卖掉这艘船，那我也已经做好了准备。

随着旅程的进行，这段令人后悔的经历，还有别的与其类似的事情，都让我对自己有了更加深刻的认识。我认识到自己在绝境中太容易产生过激行为。我认识到，面对这样的情况时，我必须更有耐心，更好地控制自己的情绪，可我总是忘记这一点。那一刻，我真的很泄气，很尴尬。而且说实话，我觉得我曾经伟大的探险就要在此归零了。不过，这阵迷雾很快就要消散了，尽管我当时还不知道。

22. 人生中短暂的光彩时刻

回到罗利市，欢迎我的是从机修工那边传来的好消息：我船上的传输问题只是由于一根缆绳的断裂造成的，很容易更换。而且，给自动驾驶装置换一套新的传动机组也不会花很多钱，这让我放心多了。突然间，旅程又回来了，我的忧伤情绪一下子就被抛到了九霄云外，而拿骚似乎比以前离我更近了。我想，如果运气好的话，我可以在圣诞节前抵达那里，正好赶上贾卡努节——巴哈马版的狂欢节。我计划在12月18日回到船边，然后在第二天扬帆出海。

得知这个喜讯不久后，我又收到了一个振奋人心的消息。它对我的人生产生了最为深远的影响。当然了，当时我还没想到会是这样。一位名叫苏珊的女子从南卡罗来纳发来了一封电子邮件，跟我分享了这句有趣的祷告："上帝啊，我希望我能住得近一点"。看来，上帝的收件箱的确已经满了。

当时她回复的是我用来作网上约会的个人信息。这条信息是我在感恩节那天发布的，我沉醉在了希望和自恋的情绪中，人生仿佛充满了春天的阳光。在那一天，当我重新独自回到另一个被遗忘的船坞后，我决定再次将命运掷向互联网的风潮中。我所知道的是，我人生中短暂的光彩时刻就是在这股风潮里度过的，直到挂在了一棵看不见的树上，到现在一直挂着，这也是我所真切期盼的。提前返航可不是什么好事，不过这位住在南卡罗来纳的可爱女士发来的信息绝对是对的。

看着她的照片，我第一眼就被她修长的美腿、魅惑的臀部和飘扬的金发迷住了，也注意到了关于她年龄的印刷错误（只比我小一岁）。从中刚恢复神智，我便注意到了她的脸颊，尤其是她的双眸。我并不是指她的美丽，尽管她确实很美。那是一种别的东西，一种新的东西，一种很重要的东西。

人类的头脑可以通过别人的面部感知出最微小的情绪、性格和动机差异，这真是件奇妙的事情。小孩只要瞅一眼他的母亲，就可以看出她的温情、赞许和担忧。那天我在苏珊的照片里看出的东西，已经超出了我语言描述的能力。在很长时间里，我都找不出一个词来形容这感觉，即使和她本人见过面之后。从她身上我看到了一种与众不同的东西，但我也不知道这是为什么。我只知道，我希望上帝回答她和我各自的祈求。我可以感觉到，他已经这么做了。我希望她离我更近，我希望我能跟她走得更近。

她的地址上写的是南卡罗来纳州瑞吉威尔，我不熟悉那里。我知道它离我在罗利市的家很远，担心可能位于该州的最西端。得知它就在查尔斯顿旁边后，我非常高兴，于是马上开始计划去那里。"机会有多大？"我在想。

首先我们互相写了电子邮件，说了些乏味的套话和客气的恭维，就跟现在所有在网上约会跳舞的人一样。我得知，她在上高中时跳了一级，毕业于查尔斯顿学院，比我从马里兰大学毕业时早了一年，不过我是跌跌爬爬地毕业的，从没跳过级。她跟我一样，也有两个十几岁的孩子，也都是在4年时间内生出来的。她从工资结算员做到一家医院的审计官，而现在已经在查尔斯顿市市政工程部主管会计的职位上做了21年。发现这一点时，我欣喜万分，因为我终于没有再遇到生活窘迫的、失业的、靠离婚赡养费过活的专业户了。

很快，我们之间的联系就越过了一种界线。我们开始认真了。我注意到，或者应该说我惊讶地注意到，这个女子是如此钟情于袒露自己的内心。这可不是件小事。我们所有人在某种程度上都会拒绝允许别人进入我们的内心。曾将自己的心交付给别人、却心碎了一地的女人最可能有这种恐惧了。她们害怕与别人接近，害怕分手，害怕被人嘲笑，害怕被拒绝，害怕被人了解，害怕无奈地被人控制，害怕去相信男人会在她们跌倒时伸手来扶。如果他真的不来扶怎么办，她们害怕去冒这个险。我短暂的单身经历倒是让我好好认识了人类的天性。尽管有人说女人来自金星，男人来自火星，最近还对金星有了一定研究，但我却发现有很多女人持的是火星居住证。她们中的一些人真的不懂得如何与人亲近，她们永远对别人心存戒心。

在苏珊身上，还有另一个特质。亲和力是很重要，但在恋爱中，光有亲和力还不够。两个人也许在感情上非常亲密，但各自所追求的东西却不一致。我想拥有的，也是我迫切需要的，是一位伴侣，可以结婚的那种，会将我们之间的关系看做生命中最重要的东西的那种。除此之外其他的追求，家庭、事业以及生活中的方方面面，都会像行星环绕恒星一样围绕夫妻关系来展开，找到各自合适的位置。我不会因为拒绝围绕其他星系的恒星走而去道歉，苏珊也不会要求我道歉。她所追求的也是这样的状态。这是最先考虑的条件。我想，她不仅是一位我可以去爱、去相敬如宾的女人，而且她也会以这样的方式来爱我。

不过，我们还是得先见上一面再说。

我告诉她我将会于12月18日星期五前往查尔斯顿，去那里的船坞，并在船上过一晚，准备第二天起航。我遵照一本名为《男友手册》的书，向她提出在她工作单位附近，也就是查尔斯顿市中心的一家店里喝杯咖啡。喝咖啡时间不长，如果见了面之后发现对方并不适合自己，双方也可以更容易地说再见。

随着我们之间的通信一封接着一封不断地增加，我们对彼此的期待值变得越来越高。很快我们就把家庭照片附在电子邮件里了。我惊讶于自己的好运，她竟是如此美丽成熟而又亲和平常。看来光喝咖啡是不够了，我得好好把握这次机会给她留下好的印象，所以我需要更多的见面时间，必须请她吃顿饭才行。她同意了。

23. 我的梦想，可以成真

星期五晚上，当我来到查尔斯顿的半岛烤肉店赴约时，暴雨如注，跟发了洪水一样。回想起那场将我的船弄残搁浅的风浪，看着眼前这阻挡我回船的、跟圣经里说的一样的瓢泼大雨，我开始怀疑，我是不是无意中出演了赛西尔·德米尔导演的某部史诗大片？是不是蝗灾马上就要来了？

我知道，有一天我会写下这一章的。我花了很长时间去寻找合适的词来形容第一次见到苏珊时的场景。这么说吧，迷人的容颜、自信的微笑，和善的眼睛，身穿黑裙，手提香包，这样一位女子走进了餐馆大厅。这些都是事实。但我必须承认，除此之外，我的语言描述能力已经不足以完成这项任务了。我只能寄希望于读者们通过回想自己生活中遇到的类似时刻来帮助我平淡的语言，理解我见到她时的感受。

不可否认，我的第一印象并不是每个都这么准，我迅速做出的决定也不是每一个都很明智。审慎的思维要求我更多注意从对苏珊的感觉中所下的结论，可是我的心却对此视而不见。共同度过第一个晚上后,我可以假装并没有确定她就是命中注定的那个人,而她也同样可以用这样假装的态度对待我。然而,如果我们是那种这么容易就能假装的人,那我们一开始就不会如此强烈地被彼此吸引住。

看着餐桌对面冲我微笑的女子,我再次注意到了那个东西——难以言传——那个第一次见到她照片时吸引我的东西。当晚大部分时间里,我都在努力去想那到底是什么,就像回想一个你认识却又记不起名字的人到底叫什么。后来,我突然间就意识到我眼中的是什么,那是一张天真无邪的脸。

这个女子身上看不出有任何诡计或狡诈。消极厌世,愤世嫉俗,冷嘲热讽这些词都与她沾不上边。她没有愚弄我,没有用眼神勾引我,也没有因为她的女性魅力而表现得高高在上。她就是单纯地想和我谈恋爱,尽管伴随恋爱的是潜在的危险、纷繁的关系和大笔的支出。这些东西对她来说是排在第二甚至第三位去考量的。她不惧怕这样的可能性和随之而来的风险。倒不是她刻意要在我们面前躲避这些问题,因为似乎相较于其他一切,她更想要的就仅仅是能和我在一起。她眼中的纯真,使我无从防备。

多年以来,我一直在寻觅一位拥有这些特质的女人。可此般愿望却如镜花水月一般可望而不可即。一开始,我没有能力去鉴别所见的是真是假。后来,当我认知的火花终于成为熊熊火焰后,它点燃了我的决心,像五级的火警一般。我知道,一夜之间,我的人生发生了巨变,她的也一样。

德米尔先生还在不停地忙碌着,看起来,雨停之后还会再刮场海风。这样的天气让我第二天无法离开,但却成全了我的第二次邀请苏珊吃饭。时间定在了周六晚上,地点是"吉普赛月光"号上,她的船长将亲自下厨。这将会是一次类似野外露营的活动,吃的东西来自船上的储物间,灶台则是船上的旧酒精炉。我将罐装鸡肉、土豆块、洋葱、黑豆一起放在橄榄油里炒,浇上一种白酱,放在意大利面上,再点缀上一些碎帕尔马奶酪。伴随着烛光、红酒和音乐,两个人可以在船舱仅有的二乘二英尺的小空间里跳上一段舞。

她带来了家庭影集,我们就蜷在 V 字形的卧铺上,一起看里面的照片,看到大家在60年代时的样子时一起欢笑。那可是一段充满希望的纯真时光。看着当年照片里年轻的家人,他们的脸上闪烁着那样的希望和纯真。那时,马丁·路德·金梦想着有朝一日我们都能享有自由,约翰·肯尼迪则召唤我们"肩负起黎明前长期斗争的重任",去实现这样的梦想。然而,结果证明,此般责任单单让他们来承担,实在太重了,整整一代人看着黎明前的斗争随着时间的推移而被拉长。我们失去了纯真。从某种程度上说,我认为我们这一代人里的很多人再也没能体会到满怀希望的感觉。

看着船上餐桌对面的苏珊,我再次拥有了希望,再次纯真地坚信,我的梦想可以成真。肯尼迪不用再去担心俄国人了。又一位美国人在那一夜飞到了月亮上,不过这次不是坐火箭上去的。

24. 船与心灵,皆得以休整

周日的早晨,从查尔斯顿吹来了阵阵强风。听船载无线电里的天气播报员说,浪花仍有5到7英尺高。一开始还不能确定这样的状况会不会延续到下午,但随着时间一分一秒过去,风一点没有慢下来的意思,我意识到我的离港还要再推迟一天。这对我来说没问题。

那一天的大部分时间里,我都在整理补给品,将它们摆放整齐,为出航做准备。当我把能做的都做完后,似乎剩下的只有等待了,我打了个电话给苏珊。那天晚上她在家,她邀请我去吃晚饭——这是那几天里我们一起吃的第三顿了。

这次我们迈出了一大步。单身母亲在将任何与她们约会的男人介绍给孩子们时都很小心谨慎。尽管苏珊的孩子已经不是幼儿了,但15岁和17岁的他们仍然处于一个敏感的年龄。后来我了解到,在众多追求苏珊的男人中,我是唯一有幸见到他们的,不过我一点都不觉得意外。通过不可言传的感觉,我知道了我们的想法是一致的。事情进展得很快。

那个周日下午，我将自己的真情表白写在了一封信中，准备在晚饭后交给苏珊，尽管我知道第二天我就将启程，一周后可能就要到海上了，不能像恋爱初期那样经常联系对方。为了不让读者觉得想吐，我就不把那张紫色纸上的话放在这儿了。不过我并不会因为当时的心情对任何人道歉，我现在的感觉依然如初。在那些信中，我将我的真心袒露给了苏珊，她也同样向我倾吐了心声。

第二天上午，我驶出了查尔斯顿港。这时的我已经脱胎换骨、今非昔比了。阳光明媚的周一早晨，"吉普赛月光"号沿着航道驶向大海，尽管手机信号越来越微弱了，但每次回想起手机中苏珊说的话，我的内心都会微笑。她说："我的心全都属于你。"

骰子掷出去了。我将要去完成未竟的旅程，但我终于找到了一个安全的港湾。我知道，我们的余生都将在那里度过。8个月后，当"吉普赛月光"号在拿骚的码头随风摇摆时，我们在罗利市家中的花园里结婚了。仪式很简单，参加者就是我们的孩子们、其他家人以及几位朋友。当苏珊说出她的誓言时，我再次从她的双眼中看到了那股坠入爱河的勇气。那是我曾在查尔斯顿港的雨中见到过的。这便是她给予我的礼物。她对我来说就是那颗无价的珍珠，我追寻了好久，走出了好远才终于找到的。我以我的全部和整个人发誓，我要将她娶回家，永不分离。这段誓言我写在了一首诗中，那是我给她的结婚礼物：

我们的婚礼日

驶向拿骚，他独自一人，
耳边传来，仙女的歌声，
查尔斯顿，古老的城镇，
她召唤他，放慢了旅程。

船与心灵，皆得以休整，
甜美歌声，可爱的女神，
心醉神往，容颜可倾城，
爱情来临，甜美伴心疼。

开船在即，须抓稳缰绳，
她的宝贵，恰似那海深，
风浪之下，虽满是奇珍，
却无一颗，赛过她真身。

成双成对，眷属终能成，
婚礼当天，羞涩与纯真，
她就是那，最亮的星辰，
从此船长，归乡度余生。

第四章

不够庄重的求婚

25. 我更愿意走自己的路

2009年12月21日,我从港口扬帆起航,在那里我见到了那位我相信可以有朝一日娶回家的女人。当时我还不知道她的心中是否也燃起了同样的火焰,但我希望如此。离圣诞节只有4天了,我就像狄更斯笔下的老埃比尼泽·斯克鲁奇一样在救赎的时刻感觉神情恍惚。在那个晕晕乎乎的早上,我所能关注和注意的就是伴我一路走过萨姆特港航道的海豚,它们就如同萨加普拉姆仙女。

在那个十二月的星期一,潮水来得很晚,却很突然,很快就把我带出查尔斯顿港,回到了海上。为了修正我当时所在位置的经纬度,并对前进方向有个了解,我得回头再看看这个一切开始的地方。

我出生在一个治疗圈子里。这是种委婉的说法,现在则被称为"酗酒家庭"。如此这般想象一个家庭的确很奇怪,毕竟又不是全家人都喝酒,仅仅男人会这么做。或者,像斯科特·菲茨杰拉德更精妙的描述那样,是酒喝空了他。如果酒是一只火药桶的话,那些出于一定目的而不是为了享受才喝酒的男人就是根导火线。无论这根导火线烧得有多慢多安静,迟早家里的老婆和孩子就会像炮灰一样被轰上天,滞留在空中,在时间和重力的影响下四处漂泊。

时间和重力总是能让她们的男人崩溃。

最终,爆炸中的每个人都如尘埃般落地,烧焦了,冒烟了,飘到哪里,就定然一坠到底。我的父亲这样坠底后,还不停地翻滚在滚烫的烟尘中,而家里其他人则在巴尔的摩落下了脚。

大爆炸的时候,我刚出生不久,母亲生我时36岁,我是她十年时间内生下的第四个也是最小的孩子。她没有自己的职业,只上过高中。那一年是1958年,女权运动还是个遥远的梦。她并没有被吓倒,自学了打字,做两份工作,起早贪黑,周末也不休息。我8岁时,哥哥和两个姐姐都已经出去闯荡了,母亲和我两人从巴尔的摩市内搬到了县里的一个公寓。这间公寓只有一个卧室,但就算这样的房子我们都几乎付不起租金。它离一所名为拉丁男校的私立预科学校很近,校园里的路蜿蜒曲折,我可以不受惩罚地随意出入。

我发现,巴尔的摩是一座"地方性"的城市。"地方性"这个词的意思是,一个地方是被其边境线、而不是其中的可能性定义的,是被它所排斥的、而不是它所欢迎的东西定义的。60年代的巴尔的摩边境线就是金钱、教育和社会地位,这些东西其实是长在同一棵树上的枝干。那时的巴尔的摩,社会道德秩序井然,经济发展态势良好,人们的不轨行为很少见。

随着年龄的增长,我认识到,在巴尔的摩,尤其是我所在的罗兰公园社区里，有一个精英人士的部落。他们戴着角质架的龟壳眼镜，开着四四方方的森林沃尔沃车，车头配着圆形的灯，车座上褐色的皮都裂开掉皮了，显然盖在上面的山羊皮是偏实用的，而非用来炫耀的。车在路上每次掉个头，老旧的车轴都会发出吱吱嘎嘎的响声，就像老船上的木头一样。里程表每走10万英里，他们都要在车子护栅上装上北欧风格的圆形雕饰，以此证明车主人原本就选择了比他邻居的雪佛兰车更昂贵、更老式的车，就像他的投资和婚姻选择一样，随着时间的推移而更显睿智。他的邻居呢，可能在近几年里已经把三辆雪佛兰轿车送到垃圾堆了，且花销更高，而那古怪的沃尔沃车与它识货的车主还是保持着老样子。

我认识到，这个精英部落的成员无论岁数多大了，他信赖的沃尔沃都像文上了符号似的，能将自己和部落里其他人区分开（估计也能让他免于被人攻击），显示出他是当地特色乐队的一名成员，而车的后窗上则拼出了这样的字符：耶－鲁，哈－佛，普－林－斯－顿，或弗－吉－尼－亚。

十几岁时，我越来越明显地体会到罗兰公园的这种"大黄蜂"（白种盎格鲁—撒克逊族清教徒）气质。它既令人着魔，又叫人迷惑。我可能永远都无法彻底理解它。然而，无论它的源代码有多难破解，只要一应用起来我就立马熟悉了。作为成年人，我每次在电视上看到老布什时，都会立刻有一种见到故人的感觉。当我的姐夫特里称他为"终极耶鲁人"时，我很清楚他说的是什么意思。今天，说起耶鲁人，大家可能更容易想到SAT能考满分的韩国女生，但那个时候可不是这样。特里无需多说，你懂的，我们都懂的。这些人生来如此，只要不经意地关注过，我们就会很明显地注意到他们身上的特质。

就学术标准来讲，拉丁男校在当地的预备学校中排第三位，仅次于吉尔曼学校和圣保罗学校。而就社会标准来讲，它甚至还不如我小时候上的那所公立学校。

我至今还能记起好友泰伦尼早上上校车时的声音，他唱《夏日热趣》这首歌时，像极了斯莱和斯通一家乐队。在学校里，他短跑最棒，而我长跑最强。我依然记得，跟他一起在炎炎夏日的下午赛跑时，闪烁在他脸上的汗水。即使在当时，我也知道，拉丁男校里可没有像泰伦尼的这种人。

拉丁男校停车场的两端竖着两副篮球架，我总是在它们之间的水泥地上乐此不疲地奔跑。每个圣诞节我都会收到一个新球，于是我一年到头大部分日子里都会早早起床，赶在搭乘校车之前去那里投一小时篮。中午休息再去投一小时，回了家还要投两小时，周六更是要投上一整天。

终于，我能够从球场的任何一个角落投中球了。每天晚上我都必须连续投进十个球才能歇。夜幕降临时，附近楼房的一盏孤灯会从篮板后投来微弱的灯光。最终，篮筐会变成一个黑影，我只能靠空心入框的球发出的嗖嗖声判断篮筐的方位。尽管我的上篮和中距离跳投技术还不过硬（这些技巧不是你一个人玩玩就能掌握的），但我却有一手精准的三分球，当然那时还没有三分球这一说。

虽然我总在拉丁男校混,甚至在归校日还偷吃他们的自助大餐,我却很少跟在那里上学的小孩说话。我不敢说话的原因基本上是自找的。我知道,想去学校上学就必须通过考试,而我敢肯定,被录取的小孩比我聪明多了。

穿着校服的他们很容易辨认,尽管放了学他们玩骑马游戏后,校服经常变得又脏又乱。玩完游戏,他们就站在一边,等待之前提到的沃尔沃车来接他们回家。午后还不回家的孩子大多会到草地上打长曲棍球,这项运动我不太熟。不过,偶尔也会有几个没赶上车的小孩会跑到停车场来,跟我来场一对一的斗牛。其中有个自诩篮球打得很棒的男孩,输了球之后还特别不服气。我记得他的同学催他走的时候是这么说的:"别管他,他只会干这个。"

当时我想说的是,我才不是只会干这个呢。我想告诉他们,我会用爵士钢琴演奏巴赫的曲子,我喜欢写作,也是个弓箭好手,还很清楚大嘴鲈鱼开始游入潜水区前罗兰湖水的表面温度是多少。可我也知道,这些个技艺是无关紧要的,会被他们嘲笑。我不是那个部落的一分子。在一个酗酒者的小孩看来,他是一个失落文明的最后幸存者。他似乎完全没有必要去争取混进这个社会,因为他明白这是不可能的。

我母亲强烈反对这样的自暴自弃。她的父亲也是个酒鬼,但她就是有那股逆天的自信,相信自己的潜能,坚信自我变革的美国式信条。她认为,上层人士敏锐的情感是值得去效仿的,而他们的自负则是要摒弃的。对于她们那代人中的其他很多人来说,埃莉诺·罗斯福夫人就是一个最完美的榜样。我母亲一直都是新政的支持者，她对乡间俱乐部里的那帮人有种发自内心的憎恶，即使她还是挺想体验一下他们靠才智和教育所得来的好东西的。

于是，她把我放进了这群人之中，像一枚深海探针一样。

三个月大时，我就在巴尔的摩著名的道成肉身大教堂接受了洗礼，那是座古老的石制教堂，因为浓重的"高等教会"——圣公会的气息与钟声而闻名。我有幸成为教堂少年唱诗班的一员，跟一群好动的孩子一起，用我们甜美的歌声每个月赚取一个美元。由于我个子矮，而唱诗班的长袍又比较长，有一年午夜弥撒一起唱庄严的圣歌时我还绊了一跤，打翻了大烛台，发出了不少噪音。那时被损害的只有我的自尊和壮大的场面。不过诡异的是，我对教堂生活的记忆也到此为止了。

我曾在麦克多诺学院参加过两次夏令营，10岁那年是第一次。早在30年代，该夏令营曾请温布尔顿网球赛的冠军唐·伯蒂奇来辅导孩子们打网球，可以想见孩子们有多么开心。到了我们，他们请了酷酷的大学生教我们英式马术的基本知识。我是不清楚我母亲当时是用了什么法子才凑足钱让我参加这么奢侈的活动的。跟同龄人站在一起，我显得很另类，如果不是由于我的骑术出众，那肯定是因为我戴的那顶锃光闪亮的白色矿工头盔，而他们都齐刷刷戴着英式马术的专用帽子。母亲在矿工安全设施商店任秘书，这顶头盔就是从那家商店里免费弄来的。那个夏天，我和我的马被叫进跑道中接受了第一名的彩带。恐怕除了我的马之外，没有人会比我更惊讶于这一点了吧。我对自己的期望值并不高，这算是我获得的最早的成功了。

我们的公寓名字起得很招摇，叫麋鹿山庄园。光听名字，它应该是为有钱的空巢老人或离了婚的同性恋者而设的。尽管我母亲很有雄心，但很明显的，我们并不属于那里。年轻的住客们开时髦的跑车，在当地俱乐部里打壁球——只有一个人除外。

汉克·鲍尔，1966年世界职业棒球大赛冠军得主、巴尔的摩金莺队的经理，就住在我家隔壁再隔壁的公寓里。当那辆显眼的白色加长凯迪拉克轿车到来时，那肯定是他。后来我才知道他年轻时曾是洋基队的一名明星右外场手，不过对我们来说，他更像是一位普通的邻居。当时我还在金莺队的少年队里打过球。成为会员可以得到一叠50美分的露天看台球票，而我可以报出1966年冠军队每一位首发球员的名字。

关于这位似乎很少在家的名人，一些流言在我们街区流传。有一天我拿着一个新球想去找他签个名，他正在家门口，穿着一件白色的汗衫，手里还拿着一罐波西米亚民族牌啤酒（具体是哪个牌子我实际上已经记不清了，但我猜应该是这个）。我还犹豫着要不要找布鲁克斯·罗宾逊签名，不过鲍尔先生就是我的邻居，很久之前我就已经用那个球，像其他球一样猛拍，后来再也没见到过。

不过可惜啊，汉克·鲍尔并没有注意到这位住在离他家几步远的金莺少年队队员身上有什么明显的才能。而且，因为我只有5英尺10英寸高、140磅重，所以很明显，我也不太可能成为任何一支校篮球队的明星。然而，就在这些门在我的童年即将关上的同时，另一扇门却为我打开了。

一位四十出头、名叫克劳福德的男人搬到了我们这栋楼最靠边的一间。他看到我在附近练球，就请我尝试一款聚氨酯塑料的长曲棍球球杆，那是他和其他几个投资人刚刚申请专利的新设计。这款产品将由一家新成立的名为STX的公司生产。当时我还不知道，但在最高水平的长曲棍球圈子里，那个历史瞬间就类似微软公司的诞生一样。

克劳福德先生成了我们的朋友。母亲告诉了他我们家发生的事，他也与我们分享了他父母的故事。毫无疑问，他是精英部落的一分子，可他却选择了逃避，学会用我们的语言讲话。

不久后，我就得到了STX公司出售给拉丁男校以及美国东北部其他预科学校孩子们的全套装备——价格很高，而我是免费得到的。我开始认真练习这种新潮的球棍，它后来给这项老式的运动带来了变革。

威廉·昌西·克劳福德对于这项老式运动了如指掌。50年代，他在弗吉尼亚大学读书时曾入选过全美长曲棍球明星队。那时的球棍还是手工制的木棍，用印第安式的生牛皮裹扎。他还在普林斯顿大学的招生委员会做过一任。那个年代里，人们有时会为精英私立学校毕业生的申请者数量之多而感到惋惜，他们唯一光鲜的特点就是曾经在楠塔基特岛上度过的几个暑假。比尔请求我们不要随大流，而且说实话，确实也有出身普通的公立学校毕业生通过自己的努力考上了常春藤名校。可是，我饶有兴致地听他讲后却错误地以为事情是这样关联起来的：楠塔基特岛——假日——精英。

克劳福德先生鼓励我母亲将我送到吉尔曼学校,并且认为我可以被更好的大学录取,可我却不太同意这样的规划。我对传统的学校教育并不感兴趣,这一点可以体现在我的成绩上。

另外,上高中之前的好几年间,我都特别的好勇斗狠,改都改不了。私立学校和随之而来的社会期待似乎越来越渺茫了。这些事情从来都没降临到我头上,就像从来都没降临到任何一代少年身上一样,其他每个孩子都曾有过不同版本的类似焦虑。我更愿意走自己的路。与大多数酗酒家庭的孩子相同,我变得很擅长使用必要的托词来保护我的"秘密"。

这个秘密就是,我的人生中从来都没有出现过一个真正意义上的父亲。这个秘密就是,我的父亲既没有工作也没有钱,我对父亲的主要认知来自路边的小客栈。我和母亲会跑到那里把他接回家,让他恢复清醒,重新站起来,再在他兜里装几个美元。这个秘密就是,我们住在一套单间公寓里,没有也不可能拥有自己的房子。在我成长过程中我得一直保守这个秘密,这意味着我们无法与其他家庭建立深厚的友谊,我们也从来没有邀请同学来我家吃饭。我们的社交经验很浅,我想,这一点会体现出来的。而很显然,它的确是有所体现的。

26. 你爸爸是干什么的？

每年秋天，我们都会去陶森市的 Jos. A. Bank 男装店买衣服。母亲和我会选购一件新的海军蓝运动衫，一件纽扣领的衬衫，一条卡其布的裤子和一条领带。Jos. A. Bank 男装店就是巴尔的摩版的 Brooks Brothers 牌服饰店。光顾这家店的大多是私立学校的学生，年复一年他们就像野草般茁壮成长。在那里，可以找到整套的大学预科风格服装，价格也比较适中。我永远也不会忘了那一天——那时我应该是 15 岁——售货员帮我量腿长时跟我闲聊，问我："你爸爸是干什么的啊？"

我愣住了。这个问题很稀松平常，尤其是在这个仍然比较拼爹的地方。那也不是我第一次被问到这个问题而感到尴尬了。然而在那里，我想要以一种不同于别处的方式来回答一下。

那时，运动款式和俱乐部式的风格是类似 Jos. A. Bank、L. L. Bean 和 Brooks Brothers 之类公司的主打，而这样的风格还没有被打折商店或像 Ralph Lauren 和 Abercrombie & Fitch 这样的巨头所借鉴。如果你不知道这些地方，也不认识知道的人，你应该是在

Stewart's 或 Hutzler's 这样的店里买的。你是感到很满意，但你都还不明白，这样的购衣选择就像是在你的家谱上挂上了一个高速公路标牌，上面说：所有富勒牌刷子的推销员从此处下高速。

而如果你穿的是一件 Bank's 的海军蓝运动衫，戴的是一条军队风格的领带，那你还是有机会与女王共进午餐的。服装不会说话，但却传达了关于着装者的重要信息。你应该知道自己身上穿的衣服传达的是什么。明眼人会看出你知道的。它已经不是服饰了，而是一种图腾。那就是为什么我们会去那里。我们希望成为部落的一员，而那位售货员问我父亲的身份，就是要我使出属于这个部落的秘密握手礼。

我怎么都没能预见到这种事情会发生呢？我应该早准备好托词的呀，怎么会被问得手足无措呢？

于是我撒了个谎——可以算是吧。

我告诉他我父亲是马丁·玛丽埃塔公司的技术文档工程师，这家飞机制造商在巴尔的摩有个研究机构。我知道，爸爸在50年代确实曾经短暂地担任过这份工作。之后不久他就换了工作，下了岗，因为旷工被炒了鱿鱼——这些我就无从知晓真假了。据我所知，那是他最后一份全职工作，也是他唯一的一份白领工作。就像所有酗酒家庭的故事一样，爸爸曾经担任过技术文档工程师这一点被我擦亮保存了起来，成了我可以撑撑场面的"正常"情况。它是张过了期的身份证，如果门卫不仔细查看，我还是可以用它来进大门的。我希望别人不要追问我关于父亲工作的细节，因为我根本不知道。

售货员听了我的回答后迟疑了一下，表示这个答案并不能让他满意，不过这也足够让我岔开话题了。最终他还是卖给我那件夹克衫和裤子了。

在很长一段时间里，我为那天在Bank男装店以及其他类似的场合回答的话而厌恶自己。我讨厌这个问题给我带来的感受，也因为自己的两面三刀而感到愧疚。我希望能有勇气说出真相，但我也明白自己为什么办不到这一点。

曾经有一次，我决定说我来自一个信奉天主教的爱尔兰后裔家庭。我想，这样可能会带有一种英雄主义的悲剧色彩，能多少减轻酗酒的恶名，仿佛凭借酒鬼和信奉天主教的爱尔兰人这样的身份就能跟肯尼迪家族扯上关系一样。赫尔利家族确实是爱尔兰后裔，且信奉天主教。我们跟卫理公会派的瑞典人和长老会派的荷兰人完全不同。我们更类似于匈牙利犹太人，他们的宗教无异于家庭的信条。虽然父亲很久以前就逃离了天主教的种种约束，加入了较为宽松的新教圣公会，但这并不能改变我们家族的情况。可以肯定的是，他和他的两个兄弟都死于酗酒，跟无数在他们之前的爱尔兰后裔一样，无论这些人信什么教。

不过，我也是法国清教徒的后裔，这归功于我母亲。这群人中也有不少酒喝得很凶的人。看起来，我似乎就是一杯混合酒，一杯暗藏悲剧可能性的朗姆潘趣酒。

我家庭的秘密以及它对我的影响最终还是烟消云散了，无论这个过程有多慢。终于有一天，我可以看着陌生人的眼睛对他说："我父亲是个酒鬼"。说的时候，我没有去想是不是透露了什么难堪的丑事,而是觉得自己做到了诚实。直到四十多岁我才放下了这个顾虑。我决定,如果有人有足够胆量或冒昧来问我这个问题,我就将这样回答他,不管这个答案会让他觉得多么不舒服。毕竟,又不是每个人的父亲都是个好佬。如果你愿意为打听别人的隐私去负全责的话,你就不应该被骇人的事实吓倒。

搬到南方后,我发现别人在听到我家丑事的时候几乎都会坏坏地笑笑。在任何真正的南方人眼中,如果一个人的过去没有些见不得人的事,他们会觉得缺失了点什么。尤其是南方的圣公会教徒,我听说他们上数几代都会有些丑闻的。他们之间会有种无伤大雅的争论,论谁的未婚叔祖母更为放荡。有一次在饭桌上,人们问我同样的问题,我回答说他是个酒鬼,可却没有像我预想的那样收到报复的效果。相反,他们彬彬有礼地纠正了我的话,告诉我在南方,如果有人说他父亲是个酒鬼,通常接下来会说一句"愿上帝保佑他的心脏"。

尽管一个人成长期的经历对他产生的影响可能永远都不会完全消失,但就我来说,这影响至少从大学期间就开始减退了。我获得了一点自信,也像大多数18岁男生一样傲气十足。我发现自己即使临时抱个佛脚也可以通过考试。也有一两个漂亮女孩给我暗送秋波。参加大学兄弟会又让我过上了一种新的部落生活,这种生活与我的出身完全不相干。之前与比尔·克劳福德的相识还给了我一个想都不敢想的机会,让我能一探巴尔的摩老学校精英派的圈子内部,那就是参加他们最为神圣的长曲棍球比赛。

尽管我从来都没能像凯利日报联赛来的那些家伙打得那么流

畅——他们几乎从开始学步就仗着根球棍了——但我农家孩子的强壮体格还是让我在体能上占尽优势，我能一直跑到谷仓垮塌为止。升入大一时，我已经可以把球棍使得很溜了，在校队里能打到第三阵容。尽管比赛时主要是来暖板凳的，但我也是球队的一员。每次球队赢球我都很享受这份荣耀，而我们也是支常胜之师。常胜没什么别的秘诀：我们的首发门将简直就是一堵砖头墙。

而他，正是来自拉丁男校。

27. 必须成为一个好父亲

我的婚礼和毕业典礼是在1981年的两周之内进行的。当时我23岁。记忆中，除了我父亲之外，我是我父母家族中多少代人以来唯一一位大学毕业生。我父亲1935年毕业于哥伦比亚大学，那是他另一种悲惨人生的巅峰时刻，也是他的父亲在大萧条时期的最后一笔财富。毕业那天，直到看见母亲激动的样子，我才意识到这一天的重要性。就好像墓室打开，耶稣复活，大仇已报了一样。我的学士帽和学士服就像是一枚表示恢复正常的勋章，不仅是颁给我的，也是颁给她的。那天，我看起来与其他母亲的儿子并无二样，而这对于我们可是件新鲜事。

我的未婚妻则来自于另一个世界，我花了很长时间才不去注意这一点。她是大学姐妹会的主席，父亲是一位很有前途的公司高管。在她的父母家族中，有众多大学毕业生、专业人士和企业主，她只是最年轻的一个。因为预想到我们的结合将让我承担很大的责任，所以结婚前一年我努力地端正我的行为，重修那些挂掉的课，终于将原本惨不忍睹的学分成绩拉到了正好3.0，并被中西部的法律学校录取了，我们俩都去了那所学校。

随着牧师在婚礼上大手一挥，突然间我就跻身到了主流社会中。曾经距离我童年所处的狭小圈子如此遥远的东西现在被我紧紧地抓在了手中。我找到了比自己大得多的归属。以前学校里的同学对我的偏见和排斥都已成为过眼云烟，回想起来还有点傻。一瞬间我就长大了，小时候用来看世界的那个狭窄棱镜碎了一地。站在一个全新的、更加宽广的视角，似乎整个世界都在祝福我，而这种祝福也成了真。

三年后，我拿到了律师学校的毕业文凭，也通过了德克萨斯州的律师资格考试，终于哄住了童年对自己的怀疑。我认识到，法律的力量就是用来给人们带来平等的。对我能力有质疑的人当中，只有坐在陪审团上的那些会对我造成影响，而不是高级俱乐部或招生委员会的人。我所面对的每一位律师，无论他父亲是做什么的，无论他是毕业于达特茅斯大学还是州立大学，无论他开的是沃尔沃还是雪佛兰，无论他住的是豪宅还是棚屋，只要站到法庭的另一面，就只能靠他自己了。因为法律的平等约束力，在终极的一对一对抗中，我总能成为赢家。

孩子们的降生给我带来了更多意想不到的转变。黄毛碧眼的小宝宝躺在我臂弯里的时候，整个世界都在对我微笑，给我尊重，为我扫清障碍，也给了我无限的关爱。除了这些礼物，我还有机会回到过去，我孩子们的童年就像是重演了我的一样。我不知道好父亲应该是什么样子，但我必须成为一位好父亲。

所有这一切都因为25年后的某天所发生的事情而急转直下。

28. 学会绕过人生的风浪

这30年来我身上所发生的一切变化都是我婚姻的产物,所以当婚姻结束时,我像是被连根拔起了。尽管花已凋谢,但花坛的路早已熟得不能再熟,旧的习惯也已经深深植入了身体。在这把利刃的摧残下,我的人生已然伤痕累累。

我很快意识到,就在我突然成为一个自由人的同时,我也被贴上了标签。我的婚姻所发生的变故是全世界所有妻子的梦魇。我成为已婚朋友最黑暗的想象中的一个妖怪。我是一个叛徒,一个逃兵,一个懦夫。如果年轻时犯了错而再婚,可能还会被原谅,但如果岁数大了,婚姻走了大半辈子了还犯事,人们就不会放过你了。

刚开始我离婚的消息还获得了别人的同情,但当我很快就开始与其他女人约会时,一些人的同情变成了怀疑。他们不再给我尊重,不再为我扫清障碍,不再给我无限的关爱。甚至有些家人都不再理我了。他们把我的离婚当作一种可怕的传染病,唯恐避之不及。孩子们也已经长大成人,要开始走他们自己的路,于是我又孑然一身了。以前的怀疑又回来了。在中年的昏暗灯光中，我投篮的篮筐再也看不清了，投出的球也完全没了准头。

我也有了一个新的秘密。突然间，我又变成了那个站在服装店的15岁男孩。那个令人尴尬的问题现在问的不是我父亲而是我妻子了。"嗯，"任何一个女人都会很自然地问一个结婚25年后离婚的男人，"到底发生了什么？"

48岁的我比15岁时老到了许多，我能想出一大串可信的答案来回答这个问题，而且所有的答案都好有诗意，好催人泪下，好能显示我的清白，但也都多多少少有虚构的成分。离婚后再次开始约会的人在谈到他们的婚姻时，通常都会有足够的托词来讲给未来的伴侣听。我听过一些很漂亮的话，它们大多是鼓舞士气的话，用来避免直接面对令人难堪的事实。而这些话也总是一个熟悉主题的变体：不是我的错，是他（她）的错。

就像我花了一些时间才能说出关于父亲的真相一样，让我一下子就道明婚姻失败的真正原因也绝非易事。我还记得那一刻最终到来的场景。

当时我搬出家住已经一年多了。我与其他一些刚离婚或分居的人一起参加了一个支持团体的第一次聚会。他们中大多是女士，聚会是在罗利市的一间浸礼会教堂进行的。我们一个接一个地讲述自己的故事。团体中除我以外唯一一位男士讲了一个英雄式的自我牺牲故事，我可做不到这种程度。随后，在听完几位女士长篇累牍地讲述她家"那个混球"所干的好事后，我意识到我得坦白了。没有什么比单纯的事实更适合这个场合。

于是，学会厚起脸皮说"我爸爸是个酒鬼"的男孩见到了那个直面羞耻说出"我出轨了"的男人。

我知道，这是根丑陋的野草。不过，相对于憎恶我的所作所为，团体中的女士们似乎更对我的坦诚感兴趣。有些人还说，如果她们的前夫能有这样的诚意，他们就还会在一起。这真让我受到鼓舞，不过，随着人们的提问，我努力地用情景和解释来护住这根野草的根，包括我在内的所有人都明白了，它永远也成不了一朵玫瑰。它仍旧是一棵野草，无可辩驳。我也第一次放弃了这样的尝试。

从那个姗姗来迟的坦白时刻开始，我踏上了崎岖陡峭的回头之路。终于，我开始疗伤，开始释怀，开始原谅自己，并最终对婚姻有了更深的理解。

29. 开始原谅自己

有句话说得好,人不可貌相。小的时候,我有一次翻看母亲的书库,发现其中有一册书的封皮没套好。这上面的文字一定很有吸引力,因为我当时打开了它。但我惊讶地发现,里面居然藏了一本与封皮内容完全不同的书,书名叫《从失败中汲取的教训》,作者是乔·柯德尔。

我当时没读这本书,还是小孩子的我肯定没有兴趣看谁的教训。不过长大后,我了解到这是本畅销的自我救助书,1965年首次出版,作者是一位成长于酗酒家庭的女性。我母亲不得不将这本书藏在另一本书的封皮里,这就充分说明身处该环境中的众人心里是多么受伤了。

开始写这本回忆录时,我又想起了那本书。书名似乎很恰当,因为我对婚姻的理解以及允许我无惧地面对再婚的信念不是从别人成功的案例中学来的,也不是听从了他人的谆谆教诲,而是通过一种艰难的方式学来的——那就是我自己的失败经历。

自孩提时代起,我就明白了什么叫孤独,什么叫不确定,什么叫脆弱。我是伴随着这些怀疑长大的，我一直与它们抗争，年轻时曾经大获全胜，可人到中年它们又卷土重来，再次跟我叫板。2009年12月21日的早晨，在查尔斯顿以东的公海上，那些把我带到人生关键时刻的折磨和错误让我心痛不已，但它们也让我重拾自信，相信我自己有能力从头再来。

回首往事，我发现可能没有什么容易走的航道能让我绕过风暴角，就像没有一本书的名字叫《从不够格的成功中汲取的教训》。我必须与风浪搏斗，然后才能学会如何绕过它。一路上我发现了各种各样的比喻。事实证明，幸福的婚姻和美好的人生其实是同一件事，没有区别。您在阅读我的任何一封信时可能已经猜到了，我的结论就是，对它们的追求恰似扬帆于海上。

方向盘、帆布、海风和波浪，共同奏响了前进的交响曲，如果对它的运作机制既无了解也无耐心去学，或者不高兴去关心它们中任何一项不断发生的细微变化，那么帆船就会成为一个难解之谜，一个令人沮丧之物。如果你的注意力长时间不放在方向盘或你的婚姻上，你就会不可避免地遭遇搁浅。然而，如果懂得怎样通过长时间频繁而细小的改变去延长航程、校准方向、提高速度，那么这艘船就能带你安全舒适地抵达世界上的任何一个角落，只要你活得够长。

要做到这一点，无论你的野心有多大，你都不能像婚姻中的一方在意志的较量中强压过另一方一样让船直接顶风行驶。如果那样，船是不会听话的。风帆会无序地抖动，发出巨大的声响以示抗议。若是执意要在这样的动荡中行驶下去，船就会停止前进。不过，如果做些妥协，稍微偏离一点风向，与预定的目标或左或右地偏个几度，那么船就会重新向前进发。在爱情中，也是同样的道理。

当然，这个比喻也不是完美的。船要航行，需要的只是有决心的船长和清爽的风，可男人和女人却不是木头和索具做的。同样的人，无论男女，在一个关系中如鱼得水，在另一个关系中却可能备受煎熬。在婚姻中遭到虐待的女人是很难从浪漫的寓言中找到鼓舞的。这个时候，无论是在陆地还是海上，唯一理智的道路就是逃离风暴，去最近的港口寻求庇护。也许对某些人来讲，反抗是最光荣的行为，但只有傻瓜才会和船一起沉没。

有些男人每天都沉浸在痛苦的悔恨中，他们会告诉你他们的妻子是何等的泼妇，对他们的梦想持冷淡、不关心、无所谓的态度，叫人难以忍受。对一些可怜虫来说可能确实如此。但我猜这种情况真正的数量能有几个，恐怕比很多人相信的更少。婚姻不是一道线性方程，而是环形的。也就是说，"善有善报，恶有恶报"。有些人从来都不明白这一点，有些人则忘记了。婚姻会受到我们行为的影响，并产生变化，就像行驶在海上的船要受舵手操作的影响一样，而舵手自己同时又得受船的影响。如果他让船偏离了航道，那船长再怎么对着"该死的船"大叫也毫无益处。丈夫与妻子，船体和舵手，都已纠缠在一起，生死同舟、荣辱与共了。

30. 什么是"正确的婚姻"

如若不爱,勿结连理;汝之最爱,便是可爱。

——威廉·佩恩

我一直都崇拜古典散文家的文笔,从富兰克林、梭罗到现代的,我在自己的写作中也模仿他们最精华的笔触。我认为,有一位伟大的散文家不应被忽视,他就是曾任殖民地总督的威廉·佩恩。他1682年出版了一本散文集,名为《孤独之果》。书中他对一个处在荒野悬崖边的年轻国家提出了指导建议,在各种人情世故中,他集中讲了关于"正确的婚姻"这个敏感的话题。他花在论述农活入门或前线生存的内容比花在写婚姻上的少得多,这就充分说明了男女结合的力量。载着佩恩到我们海边的船和船上的水手都已经入土了,但今天我们仍然可以从佩恩的建议中学到东西,这说明了文字的力量。

我们只要读一读佩恩散文的标题就能知道,这世上确实有个叫"错误婚姻"的东西。原本我以为,到了一定的岁数,有了一定的经验，我也可以就这个话题讲出点有权威的意见。但我现在想象那些天使和圣人，他们从天上俯瞰无知青年的高尚情怀，天堂是怎么装得下他们的笑声的？

不用我说您也明白，要教别人明白婚姻中孰对孰错，我从来都不够格。不过要在2009年圣诞节前一周驾船向南行驶到南卡罗来纳州岸边一片安静的海上，我就得用上我的知识了。

我已经遇到了这样一位女人，只要给我机会，我就会去娶她，如果没把握住，我会遗憾终生。跟任何人一样，我本可以找出充足的理由去怀疑我自己的判断，但我对自己前进的方向确信无疑。怎么会这样？我不想为你解答这个问题，我的朋友，但我会告诉你我是怎么回答自己的。

佩恩总督之后，似乎我们对于那种"从此过上幸福生活"的追求已经迷失为了成人的自我审视。最能体现这一点的就是电脑上的相亲服务了。它在一个新的、不完美的前提下起到了一种必要而又古老的功能。其中有一项收费不菲的服务就是根据"29个匹配性维度"的说法，来为服务定制者扫描出可能的伴侣并进行组对。这个概念是如此有革命性，以至于美国专利和商标办公室认为注册这个短语是合适的。而该短语现在已经被广泛地营销给了需求旺盛且数量渐长的公众群体。

匹配度能决定相处是否开心，并应该在我们辨别选择合适的伴侣时成为首要的考虑因素，在我看来，这种说法是只顾自己感受的一派胡言。丈夫又不是一块有29种可选配料的比萨饼。我们选择妻子的时候，也不会像叫份深盘烘制的特色美食一样，加辣肠不加蘑菇,加橄榄不加小银鱼,不耐烦地等她匆匆送上圣餐台,只能保持30分钟左右的热度。

一个简单的事实就是,在选择汽车、房子或衣服时,我们也许还可以找到完全适合自己的,可在选择伴侣时却没有这回事。只有自恋者才会去追求一个跟镜子里的自己完全一样的伴侣。他也许会关注她一会儿,心驰而神往,但一旦发觉她的形象和自己不同时,就会沮丧地离开,继续在其他的镜子中寻找自己的"真爱"。好莱坞的电影一遍又一遍地重复着这样的故事,这是我们用以供奉自恋情绪的国家神殿。

我渴望找到匹配的娘子已经很久了,可人到中年后,我顿悟到,这样的她从来都不存在。人类是一种独特、复杂而不断变化的生物,没有人能够满足另一个人的所有需求。我们越早承认这个事实,就越能让自己和配偶过上幸福的生活。任何追求幸福的计划,如果其根子是要寻找一个绝配之人,都必然落空;任何婚姻,如果其存亡要看对方有多能排解我们的寂寞、满足我们的需求,都注定失败。最终,我们必须接受"知足常乐"这句话,否则就永远得不到满足。我们不但无法找到一个性格、价值观等方面都完美贴合的人,而且这也不是最重要的。

如果你愿意,可以想象一下第一次走进一家餐厅的场景。这地方看起来不错——既典雅又迷人,在离家很近的一个角落里,找到它很方便。你喜欢那里浪漫的灯光效果。座椅坐上去很舒服,服务员非常周到。通过与店主交谈,你得知这家餐厅多年以来生意一直不错,并深受当地居民喜爱。你觉得奇怪,自己怎么现在才听说这家店。

在菜单上，你看到了很多喜欢吃的菜。但接下来，当你的目光移到页面的另一边时，你看到了几个说实话不太合你口味的东西。我不爱吃的是甜菜，还有人不喜欢奶油菠菜，对你来说也可能是碎肝儿。在这个例子里，我们就比方说甜菜、菠菜和肝儿都在菜单里，但也有你喜欢的蒜蓉土豆泥。你点了菜，开心地享受了一顿美味大餐，感觉心满意足。

你会因为这家餐厅卖一些你不喜欢的菜就不做回头客了吗？我想不会吧。你会在停车场转上几年、查看用户评价和评级、偶尔来几趟试吃不同的开胃菜，之后才冒险点个全套大餐以免失望吗？抑或是，在你成了这里的常客之后，你会因为厨师把你最喜欢的千层面烧糊了就一怒之下摔门而出吗？我很怀疑你会这么做。你在这里会吃得很好，你知道的。也许这里的服务并不总是那么尽如人意，菜也不总是那么美味，菜单上也不是每一样都合你胃口，但它们不能改变这是家好餐馆的事实。

我承认，把夫妻比作菜肴是有点奇怪，但我相信，这个例子确实对择偶有借鉴意义。如果你要求什么事都合你的意，那你下辈子就在国际薄饼屋里吃吧。而我呢，比较喜欢走更为冒险的路。

我知道的是：你所爱的人在遇见你之前就已经走过了一段丰富多彩的生命历程，这应该也是她能吸引你的原因之一。那段时间里，她养成了与你不同的性格、兴趣、缺点、需求和喜好。关键的问题不在于她是否会满足你的每一项需求，不在于你能否预见并正确分析出你们可能不适合的每一个维度，也不在于你可不可以确定地回答她每一声祈祷。关键的问题是，你们相拥时，你能不能够感觉到受到了滋养，还找到了生活中多姿多彩的乐趣。果真如此，祝君好胃口。

　　唉，可惜这个比方也有灰暗的一面。一般来说餐厅是不会菜量很少或根本不上菜的，也不会有非但不让人满意还毒害人的餐厅，然而，有的婚姻却是如此。也许你就是这种餐厅的老主顾，也许你是出于忠诚、善心或是羞耻，在一段时间里假装自己在那儿还能吃得很好。但是迟早你都必须去另寻去处，去补充营养，否则就会挨饿。

　　讲了这么多高论，我最后再加一个千真万确的事实：如果你像我一样相信婚姻是上帝创立的神庙，那你也必须接受的是，一部分婚姻中，那些口是心非的东西是必须要赶走的，而这一点很多人无法接受。走过场的模仿婚姻过程是对那个神圣仪式的讽刺。离婚意味着失败，我们不愿意任何人去经历它，然而，这种失败中却包含了坦诚。

31. 好奇地停下脚步，惊讶地欣喜若狂

秘境是我们一生中能经历的最美之事。它是所有真正艺术和科学的源泉。如果有人对这种情绪无动于衷，不再好奇地停下脚步，不再惊讶地欣喜若狂，那他就已经死了，因为他的双眼已经闭上。

——阿尔伯特·爱因斯坦

我们在听范·莫里森的歌时，要留个心眼。就像午夜钟声敲响时突然变成南瓜的四轮马车一样，眨眼之间"疯狂的爱恋"就能变成仅仅疯狂而已。

刚从查尔斯顿出发向南行驶一周后，我本可以很容易就能把对苏珊的感情放在一边——即使不是疯狂的爱，那也是傻傻的爱。可是如果放下了这份感情，就失去了探索秘境的可能性。我倒没有去想一定要清楚地理解自己生活中所发生的事情，但我知道，我必须去亲身即时体验才行，而不是总去扮演事后诸葛亮。上帝将恩泽降临在我们身上时，经常是以陌生天使的形象示人

的，我们必须拥有这份勇气去迎接这位陌生人。

离开查尔斯顿后的第一天晚上6点，我坐下来给苏珊写了封信。周围的海面上万籁俱寂，初冬的太阳已经落下。在船舱里柔柔的灯光中，我想起两天前与她共舞、交谈直到深夜的场景，顿感生活峰回路转。这感觉好生温暖，就像毛毯一样将我包裹起来。

"像过圣诞的孩子一样，"在给她的信中我写道，"也许我并不能知晓未来所能发生的一切，但我拥有孩子般的好奇心和敬畏感，还有一颗悸动的心。我也真诚地相信，等待我们将拥有美好的未来。"我想这也许就是爱因斯坦先生想要告诉我们的道理，我也对其深信不疑。

写这些话时，我在船上已经完全看不到陆地了。一群看不见的鱼——也许是金枪鱼或鲯鳅鱼——从我船的下方匆匆游过，它们激活了深度警报器，也提醒了我，在平静的海面下方还有些忙碌的身影。我的思维也是这样，您可以想象，在我镇静的外表下，思维在狂野地奔流。沧桑巨变就在前方，而我就要办到了。

两周前，在试图避开查尔斯顿港时，我对自动风向标监控系统的操作有了更深的认识。尽管电子自驾系统已经修好了，但我现在只用机械的风向标进行自动操控。我与贝里群岛之间除了一片汪洋，别无他物，于是我有了不受拘束的、安静的几个小时来好好整理思绪，将它写成信件。

我开得飞快，第一天就走了115英里。这段路中，我在公海上没看到另外一艘船。而且我也与陆地失去了联系。手机和超高频无线电在离岸25英里之外就无法收到清晰的信号了。所以也听不到超高频无线电里的天气预报了。只有我的船乘风破浪的声音，她那有节奏的吱嘎声听起来已是如此熟悉，就跟心跳一般。

"若不是因为你的照片，"我写道，"我可能不禁要相信这一切只是一场梦。也许大海在跟我开玩笑，也许我一直都是在漫漫的旅途中。"

大海的玩笑很快就会来了。不过现在，我还是有时间去写信的，而且我有好多话要写。驱使我去详述这些东西的不是孤独的感觉，而是一种暗下的决心。

"也许我们正好可以利用这段时间，"我接着写，"去想一想我们即将开始的是什么。我想……我惊讶于你的与众不同……在你身上，看不到任何'生硬'的影子……你的亲切，你的温柔，如此动人，让我无从抗拒。你的声音，听不出任何讥讽、苦涩或怒气。你轻轻地飘过我的生活，我心向往之，意欲跟随。"

第二天晚上，海面变得如玻璃一般寂静，这通常是天气即将变化的征兆。到了第三天，我从佛罗里达的海边出发了，天黑之前我从南面经过了位于卡纳维拉尔角东北约60海里的代托纳比奇。那是12月23日，在那里我终于可以收到天气预报了。

"圣诞节那天，风向将转到西南，"我写给苏珊，"正好助我穿过洋流。"我计划在墨西哥湾暖流最窄处穿过它，那时我应该在西棕榈滩的正横方位，驶入巴哈马海滩边浅蓝色的海水，一路奔向拿骚。"到目前为止，旅游一切顺利，包括我自动导航系统的损坏，以及接下来引擎传动装置的失灵。"

那天下午，3只海豚跟在"吉普赛月光"号旁游了很久。当有条大鱼跃出海面时，我还很快瞅了一眼，因为体型很大，我很怀疑那是条鲸鱼。突然，大海好像复活了，风也重整了旗鼓。我对天空中发生的变化更加敏感了。"很奇怪"，那天晚上我写道，"我不希望你在这里。海面上危机四伏，我想让你安全地和我在一起……"

船飞速地行驶着，开到了手机信号发射台的范围内，我给苏珊、家人和朋友发了一个短信报平安，告诉他们我可能第二天就能穿过墨西哥湾暖流，进入巴哈马的水域。结果，这成了我的一厢情愿。

第四天早晨，那是圣诞节的前一天，西南风大起，气势汹汹。那天没法给苏珊或圣诞老人写信了，因为船在狂风巨浪中颠簸得很厉害，根本没法握笔写东西。

我再次发现我自己在甲板上匍匐向前了，准备升起本来以为再也用不到的风暴斜桁帆。我还清楚地记得那时的场景。我停顿了一会儿，惊讶地看着汹涌的波涛，要知道两天前这片海还像面镜子一样呢。我也不禁想象，如果有人现在正安安稳稳地坐在客厅里，看着电视上的我，我会是什么样子呢？恐怕像个疯子吧，我想。

斜桁帆起到了预期的效果，但即使船的动静没那么大了，每根缆绳和吊索也都紧紧绷着，像钢琴的弦丝一般。风虽然大到足以推动船向前，但因为风帆缩短了，所以"吉普赛月光"号得和从南方涌来的滚滚巨浪进行意志的较量。我们的速度慢到几乎在爬，我再次关注了一下天气预报。

根据美国国家海洋和大气局的说法，我还有一天时间去抵达预定在西棕榈滩的拐点，一天之后风向会转北，我就再也没有机会穿过墨西哥湾暖流。我突然有了一种似曾相识的感觉。在这遥远的南方，墨西哥湾暖流距离岸边只有几英里远。为了避开它，我不得不定时在洋流西侧和海滩之间的狭窄通道中来回改变航向。虽然风向标不需要我的帮助就能自动驾驶帆船，但改变航向和每次转向后重设风向标就得要我亲力亲为了。

圣诞节前夜，夜幕降临时，掌舵的我已经累垮了，更不必说圣诞老人和他的驯鹿在那顶风中是什么感觉了。我感觉越来越困，但每次改航向后不到1小时，我就得回到甲板上把航向改回来，以免船被墨西哥湾暖流带到东边去，或者向西闯进什么海边旅馆的大厅里。

在船头，"吉普赛月光"号依然在与波浪进行着搏击。海水一拳接一拳地砸到船体上，让我们的速度（对地船速）降到了不到3节。到了圣诞节那天的凌晨，风速提升到了26节，我的船在与大海的搏斗中陷入了僵局：由于巨浪不断向北涌来，我们无法向南再前进一步。

现在需要改变一下计划了。我将船转到了下风处，向离岸方向行驶了5英里，试图在加大侧顺风角度朝岸边行驶前让船获得一些速度。使用这一招，意味着我是偏离了一些向南的角度，以换取更大的船速，我希望这样可以让我更顺利地迎着浪头向南进发。船的行驶方向这下舒服多了，我设定了煮蛋计时器，到下面的铺位上小睡一会儿。

就算不经常发生，但每位水手都曾在某个时刻，意识到他受到了一位时刻警醒的、看不见的船员的照顾。曾于1898年完成环球航行的第一人约书亚·史洛坎在他的旅行回忆录中，就将自己的成就分享给了克里斯托佛·哥伦布的"平塔"号船上早已去世的舵手。史洛坎实事求是地声称，在他最需要帮助的时刻，就是这位鬼魂帮他驾驶他的单桅帆船。

在佛罗里达海边的那晚前后，我都没有看到任何圣诞节的鬼魂，但不管是什么（或不管是谁）在闹铃叫响前很久将我叫醒，我都特别高兴。早早地来到了甲板上，我惊讶地发现测深器的读数只有20英尺了，而不是60英尺。根据岸上的灯光和碎浪的声音判断，海滩离我的船首已经不远了。乘着不断变强的侧顺风行驶，船的速度比我的预想要快得多，正直向岸边冲去。如果我再睡上几分钟，就可以把它干净利落地停靠在孩子们的沙子城堡上了。

我的手直抖，心直跳，赶紧调转方向盘，将船头往东转。粗暴的风吹倒了张帆杆和主帆。我差点犯下大错，这错误足以断送"吉普赛月光"号的命运，并彻底终结我的梦想。"倘若真的犯下大错，苏珊会怎么想？"我不禁想到。

我退后了一步，准备对现在的处境做一个客观的评价。现在向南走的距离还不足以让我能够穿过墨西哥湾暖流。如果贸然进去，洋流就会将我带到往北很远的地方，而一旦到了那个纬度，无论我是从哪里走出洋流的，我都再也到达不了巴哈马的岸边了。我得向南再走125英里才能转向，可按照现在的速度来走，这要花费三天时间。而还有不到一天时间，就会刮起30节的北风,一刮就是一星期。在这样的风中,墨西哥湾暖流就成了一道不可逾越的交战区。我最熟悉的咒语就是千万不要在刮北风时穿越洋流。

由于再一次筋疲力尽,我将船顶风停到了岸边,等到圣诞节的清晨再出发。当时船正处在卡纳维拉尔角的尖岬下方,我看了一眼图册,发现附近有一家提供全方位服务的船坞。

如果你在圣诞节早晨一个人驾船驶入无人的船坞,那你肯定已经长大了。的确,我选择了去那里。我满可以一个人回到罗利市的公寓里,但除了独自在船坞过圣诞之外,再也没有更好的机会来同情自己了。或者,这不过是我的一厢情愿罢了。

我已然忘记了,无论何时我驾舟泛于海上,都会有某人在某地因为我的痴迷而受苦。这一次,这个家伙很容易就能看到了,他坐在一艘古老的木质柯林·阿奇尔单桅帆船上,我最近才想起来,这种船是约书亚·史洛坎时代的复古款式。他正开往缅因州,带着一帮特别有趣而又古怪的船员(他们这种人总是既有趣又古怪)。不过能在圣诞节早晨收到他们亲切的问候,我也不能要求更多了。

船坞里唯一一个没有上锁的、带热水浴的公共卫生间是需要投币使用的,可附近却没有一个自动换币器——本来我可真是没辙了,因为我最小的只有10美元的钞票。柯林·阿奇尔船上的一位船员同情我,伸出一只满是文身的胳膊,张手递来一堆25美分的硬币,说:"就像中东人说的那样,随上帝去吧。"

这真是大发慈悲了。按他的指示,我跟随上帝立马出发,痛痛快快地洗了个热水澡。

第二天上午，船坞商店里的红绿圣诞彩灯很早就点亮了，我付清了再次出航之前"吉普赛月光"号的停船费。自从离开查尔斯顿港，我已经在海上度过了五天，似乎除了目的地外，再也没有什么能够阻挡我了，然而我还是停下了脚步。

船坞工作人员指引我从前一天系船的燃油码头开到了室内码头的一个停船位中。在我将"吉普赛月光"号安置在它临时的家中时，我注意到旁边停船位里的船看起来已经很久没有动过了。仔细一看，我发现这艘不超过17英尺长、高度低得只能跪在上面的小船是一位中年拉丁女子独居的家。她的孙子孙女们在圣诞节第二天来看她了。

当我们这种生活富足又滋润的人看到这样的情景时，经常会被感动。圣诞节后的那天早晨，触动我的不是任何人生活的困苦或绝望，而是那位女士生活在那种地方，却由衷地感到满足，我们中大多数人可能会认为这里生活很艰难，但从她身上我却没有发现任何困难的痕迹。

我装了满满一船的物资，看起来很快就不再需要了。我一个接一个地把装满食物罐头的塑料袋放到那位女士的船上，直到放不下为止。她不会说英语。我用蹩脚的西班牙语跟她交流，得知她喜欢红葡萄酒，于是就给了她几瓶，那是我留下用来吃意大利水饺时喝的。我告诉她糟糕的风浪和天气是怎么带我到这个地方的。她很感激我送给她需要的东西，而我呢，则因为在圣诞节亲自给别人送出了意想不到的礼物而感到非常荣幸。

32. 美好的事情总是不期而至

"写这封信时感觉很奇怪……因为是在飞机的折叠餐桌上给你写的,"2009年12月26日,我又给苏珊写了封信,信就是这么开头的,"我从未想到今天会跑到这儿——迎着风飞回家看你,而不是乘风破浪离你远去。不过呢,人生本就如此。事情——美好的事情——总是会不期而至……我没有料到"吉普赛月光"号会在圣诞节前夜被挡在航道中,不过我也没有想到一周前的查尔斯顿,一次'约会'会惊艳地拦在我面前。"

那时候,我想我们俩都已经知道上周发生的事已经不仅仅是一次约会了。那是一扇打开的门,我正在匆匆往回赶,那里有人在等我、欢迎我归来。我有话要跟苏珊说。我想告诉她我的祈祷已经得到了应答,希望她的回答也是一样的,但我得推敲一下词句。写信可以帮我开个头,于是我继续写道:

"我想很多时候当我们想要什么东西时,我们并没有带着多少信仰去祈祷,但是上帝还是给予我们了。这种怀疑的想法是如此强烈,以至于当我们的祈祷得到应答时,当我们所期待之物降临到我们门前时，我们会以为它一定走错了地址。"

在查尔斯顿下飞机时，我看到了一位女士在那里等我，她的笑容穿过整条登机道照耀着我，我立刻明白了我没来错地方，"吉普赛月光"号比它的船长更清楚在圣诞节大风中应该走的方向。

前往拿骚的计划不得不再次推迟了。这时返航也是没问题的，因为正有一股强劲的北风在刮，一直要持续到一月中旬。如果我一路不停直抵拿骚，我就会错过苏珊的生日——她的51岁生日——就在圣诞节后的第二天。事实上，那天我能送给她的礼物只有我的手和我的心，但她毫不犹豫地接受了，而且拒绝再归还给我。感谢上帝，她的回答是"YES"。她接受了我，这扫清了我所有的怀疑，让我相信上天会帮我们渡过难关的。

第五章

把童话讲给全世界

33. 男孩的意志就是风的意志

2009年12月从卡纳维拉尔港回到罗利市后又过了4个月，我才再一次见到"吉普赛月光"号。在那短暂的间歇期里，我生命中发生的事情如秋风扫落叶般疾驰而过。

我回到罗利市与一位女子订了婚，而从罗利市出发时我都还不认识她。两个月后，我找了一间黄色的小房子，作为我们的新家，它在郊区的一条林荫大道旁。为了交首付，我花光了所有的退休存款。同时，苏珊也变卖了她的资产，结束了在查尔斯顿市长达20年的职业生涯，准备搬到北方。

朗费罗曾经写过："男孩的意志就是风的意志，青年的思绪是长长的思绪。"我曾向南走过多变的风、平潮以及一段25年婚姻的缓慢退潮。我起航的决定是一个男孩意志的最终表达，他想为自己的人生寻找更深的意义。在寻找确定、实在和真实的过程中，我曾经面对无数的疑问。现在，有苏珊陪伴在我身边，朗费罗的哀叹不再属于我。一位更加年长、更加睿智的男人终于牵着这个男孩的手，稳住他的情绪，送他奔向前程。

2009年12月21日，当我将"吉普赛月光"号驶出查尔斯顿港来到海面上，走出了无线电的覆盖范围时，苏珊最后的话"我的心全都属于你"尽管简单，但却越发地有力。在我的一生中，从来没有另外一位女子向我表达过这样无条件的情感。现在，在新年伊始，我又回到了岸上，好想兑现她的诺言，并配以我的诺言。

　　有些不可思议的是，2010年春天，我的法律业务中又有新的案子和资金滚滚而来，而且已是时不我待了。我的碗柜几乎已经空了，但与我一生中所见到的其他神秘事件一样，仁慈的上帝还是再次将面包放在了我的餐桌上，尽管我总是不断地去打断他。由于工作量突然激增，我登出了广告，招来了两位年轻律师，他们帮我将一份死气沉沉的律师业务发展成了一家令人尊敬的律师事务所。我找到了一栋极好的办公楼，离我和苏珊选择的住所不到3英里远，我可以在那里租用一间大办公室。我和她准备开始一段充满激情的新生活，这种生活我几乎已经淡忘了。

　　一家在州内律师圈中发行的周报有一位年轻的记者对苏珊童话般的浪漫故事产生了兴趣，决定将它讲述给全世界。于是他们报纸的头版就刊登了关于一位喜欢航海的律师由于风暴而靠岸却因此娶回了新娘的故事。新朋老友纷纷送来了美好的祝福，我天空中的太阳似乎突然变得更高更亮了。八月份，我们将在黄色小屋中开始新的生活，我在屋子旁的花园里种下了玫瑰。然而，在婚礼的乐曲奏响之前很久，我还有一个决定要去做，还有一段旅程要完成。

34. 记忆的一角,总是留着我的船

航海是件古怪的事情,水手也大多是群古怪的人。作为一种交通运输方式,帆船是慢得要命,但作为一种败家的手段,它倒是快得让人察觉不到。帆布是在金矿里织成的,吊索是长翅膀的天使编的,而船底的油漆则是用稀世佳酿做的。

在新生活的伊始,我很不情愿让我的新娘承担我第一次婚姻里所背负的重担,其中最主要的就是这项昂贵的爱好,因为我的伴侣并没有像我一样对其痴迷。我决定在重复同样的错误之前就放弃航海。

跟很多我所见到的人一样,苏珊知道我有一艘船并且喜欢在远离陆地的地方到处闯荡后,也对航海这件事产生了兴趣。但是想象是一回事,真正要去做却是另外一回事。再也没有什么比出海航行更适用这句话的了。

大多数短时间登临"吉普赛月光"号的乘客都会喜欢上这艘船。它是个舒适的家——温暖的柚木,编绒垫子,充裕的甲板高度,整体布置简洁而迷人。在它耐用的厨房中,我精心准备过多

次烛光晚餐。这样的一个夜晚——月光下宁静的港口，伴随着辛纳特拉·本内特或者是范·莫里森的音乐翩翩起舞——有着一股神奇的魔力。苏珊也同样沉醉其中，而她则比其他沉醉的人更加让人着迷，但对她，我心里有更多的想法。正因为如此，我不想把苏珊带去航海，这样会粗暴地打断港口的浪漫魔力。

我不会邀请苏珊陪我一起环游世界的。去忍受自己选择的苦难是一回事，而让所爱的人去忍受苦难则是另外一回事。

在远洋中，你会逐渐忘记热水澡、平整的地面和规规矩矩竖立着的抽水马桶，用马桶的时候得抗拒地心引力。这样的环境是追求浪漫的人无法忍受的。在我单身的那些年里，有几次当我听到有些女人细语或接吻时说出"我要陪你周游世界"的话时，我也会听到没有说出的、充满理性的反驳声："天哪，亲爱的，你做不到的。"

好了，在把纸张和墨水浪费在反驳性别歧视的谴责之前，我得说我是指一般情况，不是讲特殊案例。我敢打赌，此时此刻，至少有100位女性正在海上迎着大风喝茶吃饼干，而这样的风可能会让我不得不躲在救生船里哭泣。我不想娶这样的女子，毫无疑问，她们也不会愿意嫁给我。

我决定了，卖掉这艘船也不是件坏事。也许是时候了。风浪的世界不是苏珊的梦想，我在想我是不是也应该放弃它了。毕竟，起程时的空虚现在已经填满了，我再也不用过一种类似独自心灵旅程一样的生活了。我已经最终抵达了我的伊萨卡岛，也许我已经可以躺在我那枝干略显瘦弱的月桂树上，开始享受等待已久的休憩了。

一段时间内我的确是那样做的，但你肯定怀疑，是不是又发生了什么。在我记忆的一角，总留着我的船，拽着它的绳索，等待着出航。我脑中有一个平静而微弱的声音请求我与它同行，现在看起来是如此不切实际。

曾经一度，理性战胜过所有情绪和微小的声音，无论平静与否。事实上，我真的诚心诚意地把船送上了货架。有好几个可能的买家热心地向我询问关于它的设计和载客量等这样那样的问题，但他们都没买下它。我试图向他们解释，这艘船有一颗四处流浪的心，也有能力去满足那些看中它的人的想法。有些人认真地听了，但他们并不能真正地听懂我的话。于是我只能照实回答他们的问题，关于船上能睡几个人（最多5个，但2个为佳），关于船上有没有冷热水澡可洗（都没有），关于船上是否有网络和有线电视（感谢上帝，没有）。

没有合适的报价，我松了口气。"吉普赛月光"号免于成为南佛罗里达的一家浮动公寓。但当时我的理解是，这并没有解决我的问题。

我发现自己已经在考虑是不是要把这艘船捐赠给北卡罗来纳州海边的一家教会夏令营，它无疑会在那里找到一个快乐的家。有位先生曾计划到我的办公室来讨论将船从佛罗里达带回北方的事宜。在北方，男孩女孩们可以用它在夏令营里学习驾驶帆船——是件有价值的差事。

会见那位来自教会夏令营的善良先生的前一晚，我脑中的思绪无法镇静下来。我终于向苏珊坦白，我不知道自己有没有这个决心把"吉普赛月光"号卖出去。我心里还有些东西抵制着这个想法。那是一种恐惧，我只能这么描述了，害怕我是在自暴自弃，是在放弃一些再也无法追回的东西。人生中，我们都会面对这样需要做决定的时刻，通常这样的关键时刻不是我们能去避免或提前阻止的。我们长大，我们离开，我们改变。我们继续走下去，因为我们必须走下去。人生的真相就是，它总是无情地、单向地一路向前，从不回头。

但这次不一样。我可以做选择，而不是一页就此翻过。我不知道如何选择，直到苏珊说出了她的想法。

"把它留下，"她说，"你总是要航海的。"她说对了。她告诉我，在人生中至少需要一件完全属于自己的且热爱着的东西。对我来说，看来那就是航海了。

苏珊说这些话的时候，我感觉一座冰川就此消融，千斤重担就此卸下。做最真实的自己，这个信息既给我启发，又让我安心。有了苏珊的认可，我不需要再做任何修改。我的旅程将在我们两人之间被认可、被接纳、被庆祝。如果我需要意志的坚强力量，她现在所给的珍宝就能滑过我的双手。不过，苏珊已经完全敞开了她的心，为梦想家和他的梦筑造了一个家。

第二天，尽管略带难堪，但我非常坚定地告诉那个来自夏令营的人我改变了想法。令我很意外的是，他很支持我的决定。我敢说，他已经预见到了这一刻。他告诉我，他也曾做过类似的决定，也在人生中得出了类似的结论，所以他能理解我。没关系。我得到了他的允许，去做想做的自己。

35. 再次计划远航

苏珊对我追梦的鼓励就像一股劲风支撑着我。现在我是带着一种以往旅程中不曾有过的热情和专心来向往拿骚的。我计划在2010年4月的第二天从卡纳维拉尔港扬帆启程。

前往佛罗里达的路上，我经过机场时注意到了一位了解我的女士，那就是我的前妻，也看到了我们的孩子们。算起来，前妻她自己也算是刚结束了一段长时间的婚姻。我们的孩子们上的是同一所教区学校。然而即使如此，刚离婚者都必须要忍受这段奇怪而尴尬的成人过程。我们擦肩而过时，假装没有认出彼此。她应该不会没有注意到我是一个人穿着短裤和拖鞋出城去进行一段愉快的旅行，身边没有带我的未婚妻。我刚刚把我们订婚的消息告诉了几十个我和前妻共同的好友。

飞机降落到佛罗里达后不久，我收到了尚未成年的小女儿给我发来的一条短信，她很少主动给我发短信的。她问我最近去了哪里，过得怎么样。我怀疑这条短信是不是与机场中的那个女人有关，但我没问。不管怎么说，我没有必要去担心这一点，因为我又不是离家出走。相反，我是在奔往一个清楚地呈现在我眼前的东西，一生中我再也没有比这次更加确定的了。

这种感觉至少持续了10分钟。

我租了一辆车，在卡纳维拉尔港中四处搜集物资，以备小帆船在大海中的航行。这些物资包括大量的瓶装水、罐头食物，以及当地船务用品商店中普通货物清单上的一些东西。但我得告诉你，我几乎无法忍受这些筹备的差事。事实上，我害怕做这些事。

为长途航行进行采购让我感到有一丝伤感，就好像我是一个被判了刑的人，在收集最后一顿饭的食材。身处商场中，周围都是幸福的家庭，既安全又温暖，无所畏惧。显然没有什么比这更能让我质疑自己到底为什么要一个人出海，忍受剥夺了的人生。我可以想象，他们满足的笑容里传递了这样明确的信息："我们都很理智，而你显然疯了。"

不过，对于这种萎靡不振的心态，我早已准备好了解药。我把自己想象成为一位躺在轮椅上无法轻易走动的老人。虽然同样想去天边走走，但已经力不从心了。一位不认识的女士有礼貌地听着年老的我讲述曾经一个人几乎就抵达了遥远的南方海岛的故事。我向她解释道，我本应能够驾驶曾经拥有的精美帆船到达那个地方。我得说那不容易，但只要花一些力量就能办到。我吃力地把手伸进长袍的口袋中，拿出一张"吉普赛月光"号的老照片，努力用它去吸引那位女士的注意力。她不耐烦地笑了笑，拍了拍我的枕头，给医生写了张字条，请他检查一下给赫尔利先生吃的药是不是有产生幻觉的副作用。

一想到这里,我就像置身于人群一样感觉既温暖又安全了,不过没那么幸福,虽无所畏惧但对即将到来的事情会留下怎样的记忆仍心存疑虑。

36. 港湾不是船的家

你知道一段旅程是怎么开始的吗？是从解下一段绳索开始的。

我们来到这个世界上的时候也是如此。先是断开肚脐上的那根绳，再是离开母亲的围裙，就这样我们从母亲那里独立开来。这些必需之举预示了所有接下来将要发生的事情。总是紧抓着不放的人，永远都无法长大，无法生存。

解开那拴在卡纳维拉尔港的绳索后，我的船很快来到了聚集在港口等待游客的巨型游轮群中。连接这里和奥尔良市的道路是一段旅游线路，每年都会吸引成千上万的游客来此体验航海的乐趣，这与我即将面对的旅程大相径庭。宽阔的运河码头上，我的船从这些巨大的船头下方经过，我感觉自己就像站在歌利亚身影下的大卫一样。不过，我的脆弱感很快就被浩瀚的大海吞没了，相比于它的宽度和深度，每一艘船都成了浴缸里的玩具。事实上，当此般尺寸的船在夜间行驶在横亘于我和巴哈马之间的海面上时，它们很快就会变成暗夜中的点点灯光。

我能想象，驾驶帆船从河道前往开阔的海面就好像骑着纯种赛马来到起跑门前。刚开始，选手们心绪镇定，动作缓慢而有秩序，稳步前往优胜者圈子时，步伐与去胶水厂别无二样。但骑手知道目的地是哪里，他故意绷紧了肌肉，期待身下的马匹能爆发出强劲的动力。铃声响起，缰绳甩动开来，赛马使出全力冲了出去，奔向它的使命：完成这段赛程。

驾船也是如此。船得经常待在安全的港口或受保护的河道里，但那些地方不是它的家，也不是它的菜。它就是为了公海而生的，跟随它出海的人，无论男女，都得做好这样的准备。当船头越过起保护作用的防浪堤，第一次遇到不受约束的自然之力时，舵手的心脏可能都要停止跳动，但这设施完善的船毫不犹豫地就走进了这片是非之地——沉肩于波浪之中，化大海之力为速度，开始长跑。

37.踏上荣耀征程

离开卡纳维拉尔港时,我再次被佛罗里达开阔平坦的陆地所震惊。白天在海上,这片陆地几乎是看不见的,若不是矗立在地面上的一长排酒店,你可能根本就注意不到它。除了不时出现的几个入海口外,这些酒店沿着海岸一直排到了迈阿密。下午3点多钟,我往岸边驶去,离岸大约还有5英里远。

四月的这一天,我的计划与寒冷的十二月圣诞节前夜的计划一样——与海岸保持几英里的距离行驶,直至来到西棕榈滩以南足够远的地方,然后就与海岸告别,前往巴哈马。在前往拿骚的途中取道贝里群岛,来到其西岸的南面。由于吹的是西南方向的轻风,我在刚刚安全驶出卡纳维拉尔港后,就将柴油引擎关掉了。所有的帆都迎风招展,我的小船正努力踏上这荣耀的征程。

任何计划横穿墨西哥湾暖流的人都会情不自禁地被这潮水的奔流所震慑,它时刻准备着教训那些心急的航海者。墨西哥湾暖流与美国大陆相距很近,横亘在巴哈马与佛罗里达之间。周末有很多往来的船只会遇到它,于是它便成了网上热门的话题,也常见于社评之中。这些论坛里，不透露姓名的海军上将们激烈地讨论浪高、风速和导航的算法，而他们自己则住在安全的郊区小屋中。他们会以一种灰暗的色彩描述出等待未知者的灾难，有人反驳，有人争辩。直到最后，甚至最细心的读者都无法看出该如何安全地穿越这道天堑了。

研究了所有能找到的经验之谈后，我制订出了一个简单的计划：先往南走足够远的距离，避免转进墨西哥湾暖流，然后向东转，若能来到北边另一侧的目的地，那就对了。这样穿越洋流就像射击飞行中的小鸟。如果直接瞄准鸟打，那当子弹到达时，目标早就飞到前面去了。如果船过早地向东转，那墨西哥湾暖流就会把船带到目的地以北很远的地方。因此，必须先向南多走一段路，以便之后向东转时有足够的提前量。也就是说，需要把船瞄准在希望登陆的岛屿以南足够远的地方，就好像整个巴哈马是一只南迁过冬的大肥鹅一样。

这本是个不错的计划，但与很多其他周密的计划一样，最终都没能实现。事实上，是我睡过了头，没赶上。

当船与西棕榈滩并排走时，还没抵达大巴哈马岛的最北端，西南风就把我吹到了离岸很远的地方。更糟糕的是，西棕榈滩地处面向佛罗里达群岛的斜坡上，几乎就是海岸线向里向西转的那个点。为了保持紧靠岸边的航线，我不得不按照专家的建议，向西抢风行驶，等待横穿洋流。

最后，我与这个计划说拜拜了，把船头转到顺风方向，准备以一个锐角穿越这被诅咒了的洋流（专家说，禁止这么做）。我决定要抢这个先手。

在这里，我得告诉任何不小心效法我的人，谨慎的船员之所以得小心翼翼地穿越墨西哥湾暖流，是有几个原因的。我和一个朋友曾经从西棕榈滩前往小巴哈马浅滩，试图迎着向北吹的春风。那风的速度和我们向东行驶的速度一样快，结果我们的船走得跟滑雪橇似的惊险。可以肯定的是，洋流中夹杂着翻滚的浪花，但是从卡纳维拉尔港出发后，在那个四月的夜晚，我无论如何也无法告诉你它们在哪里，因为我睡着了。

如果说，人不到万不得已不会去另辟蹊径，那么监控风向标自驾驶装置一定是一位绝望的失眠症患者发明的。船头有这样一位老家伙守着，我在轻柔的摇晃中进入梦乡，这种美事以前从来没有过。那一夜，驶离东海岸后，我便钻进了驾驶舱。船行驶得如此稳定，以至于我几乎完全不用动，除了偶尔睁开惺忪的睡眼，看看位于灰暗天际线处的舱梯上方有没有发生什么情况。不过更加令人惊讶的是，在横穿洋流的过程中，我并没有感觉到任何明显的海水涨潮。当我还在等那些粗暴的浪头将我掀出被窝时，我意识到自己已经在不知不觉中安全地来到了巴哈马群岛旁边。"吉普赛月光"号没有费多大力气就穿过了洋流。

38. 幻想戛然而止

黎明前，我通过卫星测了一下所处的位置，惊讶地发现墨西哥湾暖流竟然一点儿都没有将我向北推送。在风向标的带领下，我沿着相对笔直的航线朝东南方向行驶了60英里或者更多，穿越了洋流。大巴哈马岛的西南角现在与我船头的左舷相差两度。我正朝着预想的方向前往贝里群岛。

尽管大巴哈马岛西岸有一座舒适的港口，离我也不远，但我还是决定在到达拿骚之前不再停靠港口。离开佛罗里达后，我就应该不做停留，直接到那里登陆。而且，"吉普赛月光"号正在像骑士一样向前冲锋，整片海都是我们的领地。关于着陆的小纠结和预防措施很快就必须要考虑了。而现在，我只想航行。

当我第一次意识到自己就要真的完成前往拿骚的独自航行时，我想起了第一次意识到我真正地——不是理论上，也不是假想的——从大学毕业时的场景。曾经，这两个目标在我心里都是神话般的存在，第一次想达到它们时也都看似那么遥不可及。以前为了达到它们而设定的时间表着实是太过乐观了。我没能想到，自己真的可以通过高等教育的门槛，直到我磕磕绊绊地毕了业。我也不能肯定我真的相信自己有一天可以下船走在拿骚的街道上，直到我做到了这一点。不过首先，我还有140英里的海面要去跨越。

黎明时分，当看到巴哈马岛岸边海面上闪烁着的蓝色霓虹灯时，我的心情棒极了。我正走在通往目的地的道路上。第二天是复活节。我还带着那本关于罗利市基督教堂历史的书，5个月前我把它带上船，作为给拿骚教堂教友们的礼物，尽管牧师可能已经对收到此件不抱有任何希望了。但是我自己还心存一丝期望，想在复活节守夜时及时抵达，将这份礼物送到。不过，这一点后来也被证明是太过乐观了。

从早晨到了下午，从下午到了晚上，"吉普赛月光"号在海面上的航行一切顺利。不过现在，我担心的倒是有没有足够的距离让它跑了。我过一段时间就会去驾驶舱记录位置，调整船头方向。我在间隔的时间断断续续地睡觉，每次只睡几分钟或者不睡。这时我已经乘上了向东的信风，这风吹得可真带劲。船正迎着风逆向行驶，而我让每一面帆都对着风，以减轻迎风舵角上的压力，使船稳定下来。不过，我知道风速的增强仅仅是附近陆地上的逆温现象所造成的暂时效果，天际线上并没有特殊的天气。而且我实在是太想赶紧抵达拿骚了，随着船在夜晚的海面上迅疾而过，距离越来越短，我的心情格外激动。

我的老伙计开得如此之快，以至于事实上患有夜盲症的我无法测量它与贝里群岛下风处的浅滩距离有多远。在那浅滩上，除了在标记好了的河道，没有船能够保证有足够的深度。于是，我便提前而不是推迟抢风行驶，以确保在大巴哈马岛以南的这条海峡中能安全无虞。毕竟，对于一艘吃水深度为4英尺的船来讲，没有什么比3英尺的水深更令人害怕的了。

到了海上第三天的破晓时分，也就是复活节，我的守夜也几乎要完成了。现在我可以清楚地看到右舷方向低洼的贝里群岛沙滩，以及几条进出于大港礁的船只。前方远处，一艘大型运货船似乎正在朝拿骚方向前进，但当我吃完早饭再次把头探进驾驶舱时，我发现我距离它的船尾已经不足1英里，而且还在不断地靠近。它已经下了锚，不在行驶中。在这上百英里宽的海面上，我偏偏选了这么一条要撞上它的线路。我赶紧调转船头，将它甩到右舷方向，提醒自己在被时间和距离证实之前，千万不要臆断天际线上的某艘船正在行驶中。

贝里群岛被誉为是富人的天堂。我知道我得将"吉普赛月光"号放在某个地方，也遐想过要把它放在鲢鱼礁的一个优雅的新度假胜地里。照片中，那里的海水有着太妃糖的色调，但价格着实太高。另外，我也期待能沉浸到拿骚的氛围中去。自打孩提时，我就觉得这座城市流露着一种不自然的007电影午夜马拉松似的神秘感。这次要过去，我激动得无以复加了。

这座大西洋上的度假胜地中升起了几个珊瑚色的尖顶，我每向南朝新普罗维登斯岛走1英里，它们就好像从海面升起了一点。开始我还不敢肯定看到的是什么，是岸边的储油罐还是另一艘船，但随着这座建筑越升越高，我看出来了，不会错的。这天晚上我是没觉可睡了。日落时分，我离拿骚已经很近了，日出之前我就能够抵达港口。

在某些方面，拿骚看起来依然和温斯洛·霍默眼中的一样。19世纪90年代，他发现这座城市可以为他的画作提供丰富的灵感。我从北面接近拿骚，几乎可以看到港口老灯塔发出的微弱灯光了。1899年，霍默用画笔描绘出了他从岸边看到的景色。向北看，可以看到废弃的加农炮散落在沙滩上。当最终靠近岸边时，海滩和防波堤的轮廓慢慢在夜空中清晰可见了。我启动了三天没用的引擎，将油门杆往后拨出足够的距离，给引擎好好加了一通油，于是听到了它剧烈的咳嗽声。风帆落到了甲板上，船开进了河道里排队。这河道被挖得又宽又深，以便游轮可以每天来来回回。很快我就驶进了这个港口，这个长久以来我梦中向往的地方。

我沉浸在了思索中，想着巴尔博亚的每一寸地方。突然我的幻想戛然而止，因为我差点以全速撞上一根没有灯光的混凝土桩。最后一刻我猛地调转船头，虽然狼狈，但总算逃过一劫。发生这样的险情，我几乎不能抱怨，因为我已经漂到有航标的河道以外好远了。于是我又想起了那句话，水手最害怕的不是深海里的蛟龙，而是小孩子蹚水的地方。受到了应有的惩罚，我赶紧将船再开回河道里，眼睛死死盯住前方的红绿灯。

39. 实现了对自己的诺言

放眼这片地区,拿骚作为天然港的优势得天独厚。"巴哈马"这个名字是西班牙语里"baja mar"词组的缩写,意思是"浅海"。巴哈马的其他港口都被石灰岩的沙洲围绕,只剩下又窄又浅的入口。但拿骚港不同,它的入口得益于一个宽阔的天然环礁湖。这个湖直接连接深水区,并有堰洲岛保护它。

拿骚的魅力最初是被一群海盗发现的,他们也是最喜欢这地方的——其中就有臭名昭著的黑胡子——早在16世纪初期他们就盘踞于此。今天,一座雕像矗立在城市英国殖民地希尔顿酒店的门口,那是当年拿骚殖民地的总督,英国人伍兹·罗杰斯。雕像的刻字告诉后来人他的丰功伟绩:"驱除海盗,重建商业"。很是遗憾呢,如果你问我怎么想。

的确,拿骚是一座商业城市。然而,自从20世纪70年代,这座岛脱离英国政府获得独立以来,它的大多数基础设施都开始走下坡路了。一些道路的状况极差。岛上没有重要的农业或制造业,主要的出口商品——鱼——也只占国内生产总值的很小一部分。由于土壤贫瘠，所以岛上80%的食物要靠进口。当地的经济十分依赖境外银行业务、游轮拉动的旅游业，以及外资度假场所和赌场。

大西洋度假场所是这座城市主要的私人雇主。在这里，可以看到锦衣玉食的游客住几百美元一晚的酒店，在赌场里再挥洒几百美元，享受迪斯尼乐园般的巴哈马生活，而这种生活与周围的现实是如此反差巨大。

不过，在拿骚的各个地区，海岛的美景和文化在钢筋混凝土和商业主义的包围中脱颖而出。椰子树在头顶随风摇曳，每处石缝中都开着花朵，烤鱼和烤芒果的香味在阿拉瓦克海滩上随风飘荡，余香不绝。即使是在最浅最昏暗的角落，破旧的工作船下，港湾的海水依然如比弗利山庄的游泳池一般清澈。不过，这座岛上最珍贵的宝物还要数岛上的居民。他们讲的是标准的国王英语。后来8个月内我在新普罗维登斯岛玩了一圈，感受到了这里随处可见的古雅而正式的英伦风范，其中充满了强烈的民族自豪感。

2010年4月4日，晚上9点，"吉普赛月光"号抵达了拿骚港的码头。为临时停靠的船只保留的停船处就在两座高桥以西。这两座桥横跨港口，连接东海湾街和天堂岛。码头停靠的几艘船都没有在下面点灯，这意味着船上面没有人。我绕了两圈想找一个大小合适的停船位，途中我注意到码头的水深快速降到了6英尺。靠近海岸有一艘半沉的弃船，它警告我乖乖地待在港口中，这么做我是再乐意不过了。

"吉普赛月光"号的单臂犁锚落下了，在船头溅起一团水花，

40英尺的锚链在温柔的晚风中缓缓滑落。我用引擎的反转测了一下锚的抓地情况，以岸上的灯光为参照物确保自己没有脱锚，然后关闭油门，停掉引擎。

万籁俱寂。驾船走过这么远的距离，完成起初看起来不可想象、无法完成的任务，我的心情格外愉快。我实现了对自己的诺言，完成了说过要去做到的事情。别人可能听到了我的诺言，看到我实现了它，但这件事之于我的意义比之于他们的大多了。幸运的是，此次旅程的最后一段是在一颗仁慈的星星指引下完成的，它让我的旅途没有遭遇风暴，没有经历机械故障，也没有受到导航或驾驶失误的影响。一切都进行得如此顺利而迅速。

透过心灵之眼，我可以清楚地看到安纳波利斯的码头，与我身后的港口一样。带着一丝满足的思乡之情，我回想起了8个月前从1000英里以外的城市港口出发时心里的那份恐惧、期待和不安。

站在甲板上，我看到了大西洋上点亮的灯塔。它在夜空中分外明亮，给这片我刚刚抵达的土地增添了一份魅惑。我想，这可不是什么只长香蕉的穷乡僻壤，而是海神尼普顿的游乐场。我清理了一下之前穿过河道时急匆匆卷起来的风帆，又收拾了一下下面的船舱，前几天的颠来倒去已经让那里面变得一团糟了。没过多久，用来登陆拿骚星球的小太空船上就全部整理好了，我沉沉地睡了下去。

40. 自我怀疑的阴云开始消散

在天堂的第一个早晨,我是睡过去的。我觉得"吉普赛月光"号的V字形卧铺又宽敞又舒服,但很少有人这么认为。等待着巴哈马的阳光从舱口洒下把我叫醒,我感觉特别满足。抛下锚后的第一夜,我很享受这样的舒适感,不需要再每隔一小时把头伸出舱梯,看看四处游弋的巨型游轮会不会撞向我的小船。

那个周一的早上,拿骚港里熙熙攘攘,热火朝天。游船在进港,波特海滩上随处可见带鱼篷的小船进进出出。几个世纪以来,直到今天,波特海滩都是巴哈马当地居民从五颜六色的小棚子里购买和食用鲜鱼的地方,他们还会在这里用货船与外部群岛收发物资。

现在要做的第一件事就是要找一个安全合适的停船位,赶在乘飞机回美国之前将船停放在那里。没到拿骚我就选择了当地的游艇避风港,把它作为"吉普赛月光"号在即将到来的飓风季节里所待的家。周一早上,我把锚再次升起,开启引擎回到河道,向东去寻找那个船坞。

要找到它可没那么容易。这家船坞和岛上的大多数地方一样，没有用光鲜亮丽的入口来为自己做广告，这一点和大多数美国的船坞不同。它位于拿骚港"工作"区的边上，躲在几排木质船埠和燃料码头的后面。我通过无线电联系船坞管理人员，告诉他我即将到来，他很快便给了回复。一位名为西德尼的小伙来到了船坞外，抓住了我的绳索，为我精心挑选了一个可以长期停留的好停泊点。接下来的30分钟里，我要了一套无用的健美操，问西德尼为什么新停船位上的岸电系统不能正常工作，结果发现是我把船上的断路器留在了卡纳维拉尔港。西德尼厌烦的笑容告诉我，我不是这周他所见到的第一个傻瓜，可能也不是最后一个。

按下按钮，电路通上了电，"吉普赛月光"号再次成为一个现代化的舒适小屋，这次是在充满异域情调的拿骚港口里。我本想把船装饰一番，打电话给大使馆请大使上船共进晚餐，但还是努力抑制住了这样的冲动。

踏上拿骚游艇避风港的那一步对人类来说都不能算是一小步，对我来说更是一大步。去年我第一次到这里是坐飞机来的，那时我正在考虑进行一次独自旅行，并为"吉普赛月光"号找一个夏眠的地方。我花了很大工夫才来到岛上，过机场安检、长时间的飞行和联系、托运行李、坐计程车、找酒店，还花了很大一笔钱。从3万英尺的高空往下看，这段只要花几小时就能飞越的距离，我要用4节的速度去横渡，似乎有些吓人。

说实话，我从来没想到过我能办到这一点。即使站在和几个月前一样的码头上，确定地告诉船埠主我要租一个船位，我还是觉得一下子难以接受。我很害怕因为这样或那样的原因，奔向拿骚的旅程会沦为白日梦，就像大多数的梦想一样。

现在，站在巴哈马的炎炎烈日之下，老实说我几乎认不出这个若无其事地下船跑到拿骚街头的家伙了，他看起来似乎对这样的旅程已经轻车熟路。如果我胆敢欺骗谁（不太可能），可以肯定的是，我没有欺骗自己。我最大胆的设想是去巴黎，像查尔斯·林德伯格（首个进行单人不着陆的跨大西洋飞行的人）一样，但是在我心中，我只是一个骑着小三轮车第一次在街区转悠的小孩，惊讶于一路上没有见到可怕的妖怪。

在港务长的办公室里结了船位的租金后，我询问了有没有去基督教堂的公交车。飞机当天晚上就要起飞，我没有多少时间。这里有很多带客人做城市观光的公交车，我很快便乘上了其中的一辆，花了大约1.5美元。它们是当地人的一项主要收入来源，也是一种了解巴哈马普通老百姓的好办法。

这里的公交车我坐过很多次，在车上我每次都能见到上下学的小孩们恭恭敬敬地对司机和乘客问候"早上好"或"下午好"。他们的穿着干净整洁、校服熨烫得直挺挺的，举止文明礼貌，充满朝气，与老人和陌生人说话时字正腔圆、口齿清晰。没有人会把裤子耷拉到膝盖处，露出内裤到处跑。没有人画文身、做穿孔或穿刺。人们微笑着进行眼神接触。

我并没有忽视拿骚高发的涉毒案件，也不会注意不到这座城市里随处可见的相对贫困。然而，仅就我的个人经历而言，我几乎没有看到任何反社会的行为。事实上，我在那里待过9个月，不时能见到当地各个社会阶层的人所表现出的细心谨慎。尽管他们的经济发展并无多少可取之处，但我们倒是需要找到他们基础教育的成功秘诀，将它应用到美国去。

最终，我来到了雄伟庄严的石制基督大教堂。它建成于1670年，坐落在乔治大街和国王大街上。那天是复活节后的星期二，牧师度假去了。很显然，严苛的受难周和旺季给了神职人员很多责任，结束后去度假已经是一种传统了。因此，虽然横渡了1000英里的洋面，但我却不能亲手将这小小的礼物送到去年秋天我写信承诺送礼物的那位助理牧师手上。

尽管来晚了，之前也没有打个招呼，但我当然不会因为教士不在而心烦意乱。相反，把书交给教堂秘书的时候，我感觉非常愉快。虽然她只能勉强记起几个月前我写的信，但对我的不期来访她还是从容地进行了接待——甚至还捧着这本满载我荣幸的友好祝愿之书在教堂前拍了一张照片。后来我把这张照片给了罗利市的牧师，于是乎，她便成了我这次旅途的伊莎贝拉女皇。

给教堂送完礼物的几个小时后，我再次坐上了飞机，以一种大自然中无可匹敌、大航海时代不可想象的速度，快速走完了"吉普赛月光"号走过的漫漫征程。现代工业的发展和人类的聪明才智使得我能如此迅速地返回到温暖的故乡，而更令我高兴的是，我完成了长时间的外出旅途，还得到了反思和理解的时间。今天，我们可以在几个小时内走完上千英里的路程，但什么都体验不到。而我刚刚走完的这段旅程是无法用距离和时间来衡量的。我冒险走进了内心中的一片未知之地，并没有遇到恶龙。现在我回来了,讲述这个故事。明媚的加勒比天空中,自我怀疑的阴云开始消散。接下来的路怎么走我不知道,但目前为止所走过的历程已彻底改变了我的人生。

第六章

一个人的海上朝圣

41. 听从内心的声音

2009年8月旅途开始时，我并没有想通过它改变自己或其他人的人生。看不到更好的计划，我便将自己的命运抛到了风中；但风是个变幻无常的家伙，最后我再也不对这种姿态抱有多大期望了，就像无法对从孩子手中飞走的氢气球期待太多一样。突如其来的好运让人惊喜，但它会掩盖住那躲不过的、不可见的堕落所带来的死寂般的耻辱。

然而，当我和我的小船一步一个脚印地走完旅程，历尽伤痛却从不认输时，我看见了我们倔强的努力，看见我们做到了能够去完成的事。我的心中开始燃起一团希望之火，很快希望变为计划，让我坚持前行的脚步。

不过，我还是得纠正一下错误的观念：任何企图驾艘小船环游世界的举动都是疯狂的。我这辈子认识不少水手，现在我得告诉你，他们中没有任何一位会在头脑清醒的时候追求这样的冒险，也没有任何一位在头脑清醒时能去完成这样的任务。若是真有这样的傻瓜，他将会遇到灼热的阳光、突至的风暴、粗劣的食物、紧缺的淡水、无眠的夜晚、成日的孤独，还有其他各种小的不便甚至生命危险。

无论是好莱坞的电影、艺术家的画板还是各类印刷出版物，都还没有能够把无情大海最真实的面孔完全展示出来。在达尔文时代之前的很多年前，创世纪的作者用文字揭示出大海是生命最初的摇篮："神说，水要多多滋生有生命的物……"但是，尽管海中生物众多，它对人类来说却是片波涛汹涌的荒漠。人无法在海里或海面上生活很长时间。圣彼得的信仰也无法跨越这障碍，圣徒们为了制住大海的怒涛而唤醒耶稣也不是没有原因的。水手若稍有不慎失足或手滑，顷刻间，海水的深度就能将下午明媚的阳光变为长眠的朦胧微光。

然而，无论神志是否清醒，每个人都须听从自己的心声——而不是听从他的智友们。若是真的特别想去却抑制住了欲望，那他的内心可能就再也找不到平静了。留给他的选择只能是扬帆出海，要么一直航行到恢复理智，一圈绕下来回到出发地，要么途中船毁人亡葬身鱼腹。当年新大陆就是这样被一小群惊恐的意大利人发现的。同样的，每个人都必须踏上这样一段惊险的路，才能找到自己的人生轨迹，无论人生提供给他的是何种舟船。我们所有人在生命终止之前，都必须努力探路，前往某个不可见的海岸，无论它有多么遥远。那里竖着一面旗帜，它是圣约，告诉我们为什么要走这段路。

很多陌生人、好心的朋友和家人都问过我，是否担心在距离援助很远的大洋中心遭遇风暴、落船、嗜血海盗伏击或是某种致命的疾病，我都已经习惯这样的问题了。当他们提起这些想象中可怕的场景时，我都是先打消他们的顾虑，说在海上的日子没有那么戏剧化。是的，在大洋中航海确实有风险。没有哪艘船造出来就能经历所有风暴，没有哪个人生下来就能驾驭每个险境。不过，在世界上的大多数地区，危险的风暴总是可以预测的。可以预测的都可以被避免，无法避免的想救都救不了。只要人够谨慎，船的设施够齐全，在海上就还是安全的。驾船渡洋事实上并不像某些人的所作所为那样危险，比如从飞机上跳下、吸烟或是在潘普洛纳的奔牛节上与公牛赛跑，他们才是在考验上帝能有多仁慈。

在我看来，把人生想象成居住在"危险"和"回报"这两根标杆间一个平面上的某处，这种想法是错误的，它是有另一个维度的。即使最冷静、最理智、最小心翼翼的人生也是暂时的。决定我们人生质量的不是我们能活多少年，而是我们如何去度过它。不去海上航行，你当然不会丧命海上，但终究你也要归天的。我们做不了手脚，骗不过庄家，可我们美国人还尤其喜欢去奋力这么做。

人们写过很多书讨论以青年人为导向的文化，这一现象很容易理解。谁不喜欢年轻漂亮、活力十足？可是我们对青年人的关注还有另外一面，即对死亡的非理性恐惧，我们对它不甚了解。似乎我们并没有把死亡当作不可避免的终了，而看作是对人类基本权利的重大盗窃。我们美国人对公平正义有种独特的渴望。到底是医疗、政治还是经济原因产生了死亡这项重罪，我们不管。

只有当这个罪魁祸首被写进法律、带上法庭,直至消失湮没后,我们这种渴望才能得到满足。这真是当今时代的一大荒唐事。

所有生命的美,如开放的玫瑰,都是有机的。所以,这美都有时间限制。看看你的周围吧。你所能见到的人中大多数在短短50年内都将离开此世,剩下的也将在天国的门口排队。这一点尽管我们都懂,但当听到一男一女在实现他们的环球航行梦想途中失踪于海上,或是被索马里海盗杀害的消息时,我们当中有些人就暗地里庆幸自己做了个明智的选择,那就是待在家里不出去。我们是看到了他们的死亡和战栗,可如果我们能预见到自己的死亡,对比人生选择时我们还会如此自鸣得意吗?活着的方式才是最重要的,而不是死亡的方式,难道不是这样吗?

有种挺受欢迎的说法是,如果我们只吃蔬菜、做好回收利用、定期锻炼,我们就可以按照自己的主张去坦然面对死亡了。真是一派胡言。死亡可不是个安静的家伙,在哪儿都不是。可生命不一样,她是位善变的美人儿,需要不停地去款待她。想赢取她的芳心?没门儿,除非你愿意冒永远失去她的风险。

我们有种非理性的期盼,那就是希望死亡降临到你的头上,而不是我的头上。这种期盼成为国家政治、世界经济和很多人生活选择的驱动力。计划未来时我们表现得好像可以永远活下去一般,可在养老金、健康保险和工作问题上,我们却总是忧心忡忡。我们依赖着这些脆弱的沙雕城堡,我们抗议领导人在处理由之产生的危机时办事不力。然而,绝大多数人所担忧的,并不是饥饿或穷困潦倒这些正当的理由。我们所担忧的事情中有很多是生活在第三世界的人们连想都不敢想的。很多人认为，只有到了饕餮的程度，生活才是富足的，可暴饮暴食却是对我们生命长度的最大威胁。

　　因此，尽管我的家人和朋友特别看重生命安全，认为在公海上航行是一种鲁莽的冒险行为，劝我要珍惜生命，但我都满怀爱意地反驳了。世上没有安全的港湾，它是一种幻想。人人皆有一死，如果我们选择待在码头不出去，死亡就会在那里等我们。我倒是没有急着要见它，可是我也不认为因为畏惧它的到来就得改变我的人生方向。我在公海上冒险寻找的，是生命，而不是死亡，因为死亡已经知道在哪儿能找到我了。

42. 朝圣者的故事

关于拿骚,我有个故事要讲给你听。在这个不断缩小的世界里,你无须看我的回忆录就可以知晓这个故事的一些情况了。数以百万计的人乘坐游船和飞机来到这里。现在的人们只要几个小时就能走过当年麦哲伦费尽千辛万苦才抵达菲律宾的路途。不过我所要讲述的,是匆匆的游客们可能见不到的事。

2010年夏季和秋季的几个月,我和苏珊坐飞机到这座岛上待了一周多时间,顺便照看一下停留于此的"吉普赛月光"号。通过互联网的神奇力量,我能够在那里轻松地继续工作,就跟坐在办公室的椅子上一样。闲暇时,我可以在距离港口海岸线仅几英尺远的地方,在小船上睡到自然醒,享受无所事事的时光。我把这项重要的日程安排看作壁虎、螃蟹和奇特的小热带鱼一样。白皮肤蓝眼睛的我不会被别人当作当地人,但我可以享受到只有当地人才能享受得起的兜风和逛街。

我总是能记起的是,在拿骚和整个巴拿马所遇见的人,尽管大多数并非有钱有势,却都明显表现出优雅的风度和纯真的善意。一个星期天的早晨，我就在基督教堂见到了这样一个人。

在岛上，我和苏珊经常会去教堂做礼拜，不管是什么时间。教堂的风琴手才华横溢，他演奏的每首颂歌都能把天使召唤到地上来。即使你没有一丁点儿信仰，也会因为这音乐而坐到教堂的靠背长凳上。

星期天的早上，苏珊会在船坞的浴室沐浴更衣，精心换上裙子和凉鞋，长长的金发洒满阳光，好像要去希尔顿不列颠殖民地酒店参加夏日时装表演一样。而我呢，穿着旧了吧唧的休闲西装和磨破掉线的裤子，打着一直放在船上的皱皱巴巴的领带。时尚界的风往哪儿吹，与我无关。跟苏珊一起穿过小镇走在前往教堂的路上，我就像是个喜欢尾随美女的流浪汉。

熟悉圣公会礼拜仪式的人都知道，它的各个章句和祷告分布于三个不同的来源，它们是公祷书、圣歌和在门口分发的祈祷书选段。（"3"这个数字很重要，因为它恰恰比你手的数量多一个。）不知情的访问者还没来得及选好自己的步调，弥撒的读经就像天庭的四对方舞曲一样开始了。圣坛里的牧师报着数，信徒们整齐地从一段唱到下一段，异口同声，步调一致。牧师先大声报出页码，留出时间等众人，可他们却能跑到另一个神秘的弥撒章节去，就像一只鲨鱼追着一群小鱼，不知情的人很少能见到如此乏味的老一套的圣礼。

更复杂的是，该仪式还需要信徒们在指定的时间点起立、坐下或跪下，搞得跟抢椅子游戏一样。这样一来，外人和异教徒便无处藏身了——本来站得好好的，众人突然坐下，而你一个人还像杆子一样孤零零地竖在座位中间，三本书拿着两本掉了一本，着急地翻找正确的页码，像狂奔赶飞机的人一样，刚跑到登机口，最后一句祷告已经说完，飞机离开机场了。

一次星期天早晨的弥撒中，我和苏珊就在基督教堂经历了这样的不幸场景。这座教堂属于圣公会，而圣公会这个名字是给美国之外的英国国教教会用的。由于地理原因，巴哈马的教会拥有一些与美国教会不同的独特礼拜仪式。那一天，我们就一直忙着匆匆翻页，跌跌撞撞地试图跟上众人的步调。

站在我们很前面一排的一位巴哈马人一定是注意到了我们的窘境。他镇定地走过长长的、空荡荡的座椅，来到我们跟前，将正确的页码指给我们看。一直等到我们再次加入到众人中，他才用微笑回应我们感谢的表情，回到自己那离得很远的座位上去。

在拿骚的那个星期天，弥撒结束前这位先生又过来指点了我们三回，救我们于迷途。每次他过来，我都惊讶地发现，他居然一下子就能知道我们在哪儿出了错，不管我在嘟哝些什么虔诚而又非现世的应景之词。其他人可能只会转移目光，让我们免受尴尬蒙混过关，而这位先生在我们需要帮助时欣然伸出了援手。

你也许会说，这根本不算个事儿，帮助教友找祷告书上的正确位置，我敢说每个星期天，世界各地的教堂里都会发生这种事。然而，这位先生身上有三点特别可爱。

第一，他与我和苏珊并不坐在同一排。如果是同一排，那当别人需要帮助时伸出援手也不会搅扰太多，也不麻烦。我这一辈子去过无数次教堂，从来都没有关心过15英尺以外的人需要什么指导,更没有打断自己重要的祷告去帮助别的灵魂。

第二,这位先生根本不顾破坏当时场景的神圣性,也不管我们是在怎样假装。这么做在圣公会的宗教经验中可不是件小事。教会应该会反对任何把注意力引导到我们身上的做法。然而,他不是沉默的高教会派贵族,他想要确保我们到教堂来能得到应得的所有,这也是一种有意义的与神交通。每次他来到我们跟前时,我明显感觉到我和苏珊就像是迷途的羔羊,被警惕的牧羊人发现了,他温和地指引我们回到羊群中去。

第三,这位先生并不是教区委员会的成员,他不会因为每年的筹资行动而跑来跟我们套近乎。他看起来有三十多岁,身体健壮,精神饱满。就我所知,他并未供职于教堂。拿骚人进教堂时一般都对衣着特别讲究,即使穷人也不例外。而他的穿着非常朴素,这告诉我他比一般人都要贫困。他虔诚的信仰值得称道,却不夹杂一丝傲气。

这件事不过是我们在拿骚见到的众多善良小事中的一个,而它同样让人印象深刻。尽管那天我们是教堂的陌生人,但这件事让我想起最初传道者的承诺,说我们此生所见的人当中,有时会"无意中见到天使"。

圣公教的传统庄严正式而内涵丰富,说实话这样的调侃是有点夸大其词了,我希望信奉圣公教的朋友们不会因为听到此事而觉得受到了冒犯。我首先是位老式石制教堂的爱好者,也是一个每个周末要去教堂的思想传统之人。第二次梵蒂冈会议后,天主教的弥撒变得平静简单了,管风琴换成了穿凉鞋的吉他演奏者,每首赞美诗都似乎是对彼得、保罗、玛丽民谣三重唱同一个曲调的无形改编。参加了20年这样的弥撒后,我发现自己开始对圣公会场面宏大的礼拜仪式心有所向,也喜欢上了那首振奋人心的合唱曲《千古保障歌》。说了这么多冒犯世界各地天主教徒的话,容我再说句地球人都知道的话来做个补救吧。那就是,这世上没有比天主教会更能给穷人和受压迫的人带来福音的了。而且毕竟,真正能证明我们信仰的,不是唱诗或周末的盛典,而是我们的善行。

43. 浪子回头，希望永存

新普罗维登斯岛上的客流量很大，这一状况已经持续好几个世纪了，但我对它的第一印象中有几点很值得注意，我在这里会尝试描述出来，同时也为在我之后来到这里的人们提供一些建议。（从本章的标题您也许就能猜出来，对于财富和贪欲的恶，我还没骂够呢。如果您能容忍我再讲几句说教的话，我保证我们很快就会再次出航的。）

我建议您不要去拿骚的赌场。赌场不仅这里有，整个加勒比地区到处都能见到。确实我在这件事上有些过于因循守旧了，但这些赌场大多是招待一部分度假的美国人的。这些人已经搞不清楚生活中真正重要的是什么了，他们相信可以在老虎机的底部找到它，每夜花上大笔大笔的钞票，结果还被证明想错了。

我和苏珊经常徒步走在我们的船坞和不规则伸展开的大西洋度假区之间。夜晚在这条路上走一小时，我们就可以来到一家名为迪格的地下水族馆，在这宽敞的馆里免费参观。（穿过大鳌虾聚集地的玻璃通道尤其让人毛骨悚然。）走进度假区后，买上一小杯朗姆酒，就可以坐在酒店酒吧的桌子旁，欣赏乐队的现场演出。不过，为了去看这些便宜的娱乐项目，我们得穿过长长的、昏暗的大西洋赌场大厅。

我本人对赌博并不反对。事实上，我一直觉得有机会观看纯种马的赛跑是一项值得下注的娱乐项目，即使输了也不要紧，只要赌注在合理的范围内就行。我父亲这辈子充满了神秘，其中有一点就是在他还没沉迷于酒精前，他在哥伦比亚大学读书时写过一篇统计学论文，提出了关于如何挑选获胜赛马的理论。我家的墙上还挂着他从那所大学获得的学位证书，所以我想他这篇论文应该是过了的，不过家里人说他的公式有严重的纰漏，根本派不上实际用途。

赌场根本没有丘吉尔园马场那样的浪漫，相反让人（至少让我）感到一种拙劣虚伪的优雅，而讽刺的是，它们还努力地表现出有腔调上档次的样子——就像萨达姆·侯赛因的皇家镀金马桶。我发现亚特兰蒂斯酒店的赌场里烟味很重，还弥漫着一股绝望的气息。这里满是中年游客，他们神情压抑，眼神恍惚，在闪烁的彩灯和响铃声中熬到夜深。难以置信，他们偏偏看不见他们的救赎，就在美丽的月光海滩上，距他们仅几码之遥。

在加勒比地区旅行时，很容易就能注意到的另一大特点就是港口里所停泊的巨型油轮数量之多。可不是只有几艘，而是很多很多的大船——它们是私人游艇，由穿着统一制服的全职船长、水手和船工驾驶。你可以看到他们停泊在亚特兰蒂斯酒店以及其他超豪华度假区旁边。停放这些庞然大物需要用长直码头，而船主们是很乐意在这上面砸钱的。

走在码头,看到这些船上的水手们在甲板上来回干活时,我特别喜欢与他们攀谈一番。有些人随船而行,居无定所,或是伙夫或是水手,他们当中有一整套的亚文化。我很高兴我不是他们当中的一员。单单这些船只的尺寸就让我感觉有种空旷恐惧症。

要把一个人放在这样一艘船上,还不如把他绑到一棵树上呢。大海的迷人之处在于它能许诺给你一种无忧无虑、惊险刺激、罗曼蒂克的生活情调,不管这诺言最后会变成怎样的海市蜃楼。然而,一艘大船一小时内吃掉的柴油,一艘帆船能用上10年。这样的船还怎么去无忧无虑呢?买船的人满怀梦想,憧憬在温暖的热带阳光下过安逸的日子,可是他们的梦想终究会被粗暴地唤醒的,除非跟他一起旅行的是文莱苏丹。这也就解释了一个现象:你在拿骚和世界上其他港口能见到的很多极尽奢华的动力游艇,它们会比你想象的更早地出现在《游艇》杂志的页面中,由年老而明智的人折价很多卖给更年轻、更糊涂的人。

所有的浮华,都化为了鲁滨逊·克鲁索的孤岛小屋。此时此刻在这加勒比海上,有一个人驾一艘小船,船上的风帆早已破旧,得益于海风与上帝的恩典来到这里,安稳地待在锚地中。他准备享受一点米饭、一些蔬菜和一份鱼,这顿饭摆在家中最好的桌子上足以招待国王了。

我很想告诉你,我自己身上体现了一种航海家的孤独生活,至少,我是向往这种生活的,永远不屈服于财富与挥霍的诱惑。不过,如果你知道我的故事,随便哪一段,你就会知道,这么自吹自擂除了虚荣还是虚荣。

在普通的多米尼加小孩眼中，我家的房子就像天空中的城堡一样，而我的船在海地人看来也跟宇宙飞船一般。写这些话时，我正坐在干燥陆地上的一栋舒适明亮、气温可控的办公大厦里。距上次见到"吉普赛月光"号已经5个月了，想回到她身边还要再等两个月。

鼓起勇气去做自我批判，我实在是极少能办到。而不管我说了什么有道理的话，我自己的行动却总是跟不上。更多时候，我都更青睐于范德比尔特（美国铁路航运大亨）的理想，而不是圣文森特的训诫。我这人也总是习惯高傲地抬头，而不是谦虚地低头。然而，浪子回头，希望永存。

若要找这位浪子，就在夕阳西下时，乘着徐徐的东风，在温柔的潮水推送下来到宁静的海湾。这里的沙土硬实得足够下锚，山峰高耸得足够庇荫。若他真是受到了主的恩赐，他就会身无分文地前往为他准备的皇家庄园。在那庄园里，他可以找到能赐予疲倦者以力量的美食，凡人无法理解的平静，还有无穷无尽的财富。

44. 流浪者所知道的事

2010年的夏秋天，拿骚没有受到飓风的侵袭。热带风暴的威胁解除后，我开始准备再次出航了。圣诞节后的日子是第一个可以出去的机会。苏珊本想跟我一起去的，但夏天我们周游新普罗维登斯岛时，她有些晕船不适。于是，我们决定还是让她等下次短一点的旅程再跟船，看看是不是还有晕船的症状。

在这段最多两周的时间里，我计划先向东走，走到离岸足够远的地方，然后向南，能走多远走多远，只要风向和天气条件允许。过去的经验告诉我，先不要承诺或计划要在哪里登陆。相反，我在船上放了足够支撑一个月的食物和水，希望在不到一半的时间内找到一个合适的登陆之地。

很多人写过怎样在巴哈马选择最佳的航行路线。就跟穿越佛罗里达附近的墨西哥湾暖流一样，所有的灾难都发生在不遵守传统习惯的人身上。大多数从拿骚出发向南的船只都会选择一条受保护的路线，以穿过伊柳塞拉岛和卡特岛后面的巴哈马群岛。最终，它们会跟随其他的船只来到长岛的乔治城。据我所知，这座港口多年来有个绰号叫"懦夫港"。之所以得此诨名，是因为由乔治城向南的航道是穿越公海的。显然，许多船主没有勇气去尝试这条路，他们会选择向北返航。

在巴哈马各地作数日航行的帆船中，绝大多数都会这么做。它们一般会使用引擎而不是风帆作为动力，每晚开到哪里就在哪里下锚。这么做是因为在浅海中航行时，必须得用肉眼去观察，以避开未被标记的浅滩。由于好锚地很少，而每天天黑之前又必须找到一个地方下锚，所以需要航行者做好计划，仅依赖变幻莫测的风向和天气是很难办到的。所以说，下一次如果有朋友告诉你他在巴哈马"扬帆航行"时，你要理解他要么是在绕圈子，要么基本是在白天从一个港口开动马达跑到另一个港口。而"吉普赛月光"号则不走寻常路，既是不得已而为之，也是出于船长的偏好。

我是在新年那天的下午抵达拿骚的。出了机场，我坐出租车取道东湾街穿过了市中心。一年一度的贾卡努节庆典虽已过去，但街上的观景台还未拆掉。错过这样的聚会我很遗憾，不过能在罗利市度过新年前夜，也挺开心的，因为在开启另一段长距离独自旅程的前一夜，我还可以亲一亲自己的妻子。

2011年1月2日的早晨，我收拾好行装，驶离了拿骚游船俱乐部的码头。由于潮水来得出乎意料地快，我的离别看起来不像是在出航。西德尼站在码头上（再次）帮了我大忙，他像驾驭小马的缰绳一样操控着两条船尾缆线。而我所能做的就是在甲板上惊惶失措地奔跑于船头船尾之间，用一根长杆抵住码头、桩子和其他船只,好像"吉普赛月光"号正在被一群野狗围攻。11700磅的船加上所载的货物,只靠一个单独的20马力引擎带动,我的船是用来扬帆航行的,而不是在狭窄的地方凭动力挪来挪去的。它倒出码头停船处的样子就跟袋子里的猪一般。通常我会用绳索将它手动拉出来,但今天的潮水实在太猛,我们几个人加起来都不是对手,这也恰恰证明了为什么说潮水是不等人的。

最终,这场马戏团的秋千表演成功将小船的船头转到了东方,从码头出发前往河道——虽然有点狼狈,但还算顺利。难怪在码头上方的船尾楼甲板餐厅里吃午饭的人们会觉得奇怪,这个没经验的舵手为什么要驾船出海呢。而我尽我所能地耸耸肩,表示不在乎这样的疑问。

我绕过拿骚港入口处的防波堤,也就是灯塔所在的地方,迎着从东边吹来的信风,向东北方向开去,以获得向北的速度。我距离大阿巴科岛和埃留特拉岛之间的通道还有60英里,在那之后我就将向南转,走进彻底看不见岸的公海。一旦转了向,我就将暴露在3000英里不间断的大西洋波涛中了。这波浪从非洲海岸边的佛得角群岛一路向西,滚滚而来。正是因为这样的惊悚前景,航海圈中一直对其怀有恐惧和担忧,很少有船敢于这么走。这么一说,出航第二天下午三点钟之后,我在四天时间里没有见到任何一艘别的船,也就不足为奇了。

在海上,向东吹的信风很有规律,风力也很强。向南推进的过程中我很乐意乘这样的风。我发现,我想去的方向使得"吉普赛月光"号可以乘后舷风行驶,这是她最喜欢的,可以让她在自驾驶阶段轻轻松松地保持平衡。突然间,我变得无所事事,只有去遥想再过几天,就可以看到圣萨尔瓦多岛缓缓从大西洋中升起了,这也是当年哥伦布所经历过的。

我把大部分的空闲时光花在了阅读查尔斯·福斯特的《神圣旅程》上。福斯特毕业于牛津大学,他的故事很有说服力,我觉得这是因为自该隐与亚伯的时代以后,上帝的心里就为各类流浪者留了一块柔软的地方。尽管这本书讲的并不是航海本身,但它的主题是独自在世间旅行的人将获得天启,也同样适用于海上的流浪者。

古老的摇荡诗正确地指出,简单是一种天赐礼物。财富与成功经常从我们手中抢走这份礼物。然而,如果不得已必须踏上不寻常的路,那一定要轻装上阵才行。当流浪者拆掉文明的脚手架时,他们会对信仰的壁垒有更多的、更深刻的理解。福斯特的书讲的就是这个主题,它对于我自己的旅行来说,就像老朋友一样亲切。我一次又一次地找他,与他交谈。书读完时,我感觉好遗憾,不能继续交谈了。

说到天赐的礼物,这些天我在离陆地很远的海上,沿着埃留特拉岛和卡特岛航行时,也借机反思了一下自己是如何福星高照的。躺在驾驶室的卧铺上,一连几小时望着天空,我顿悟到,尽管历经重重困难,但我还是一个有着幸福婚姻的男人。我刚刚庆祝完了与那位查尔斯顿的精灵初见的一周年纪念日。有她在我身边,我找到了深深的爱意与亲密,这是我原本以为不可能拥有的。不过这还不是去年发生的唯一改变,我的家庭和事业都已经发生了翻天覆地的变化。

苏珊将她出众的会计技能应用到了我的法律业务中，将我从记账和付款的烦琐事务中解放了出来。结果，我成了一位更优秀、更成功的律师。我这小小的生意蒸蒸日上，员工越来越多，苏珊就像慈爱的母鸡一样悉心料理着他们的事务。在家里，干净的内衣开始出现在我的衣橱抽屉里了，它们被整齐地折起来、分好类，好像变魔术一般。而我所做的是确保苏珊不用下厨、洗碗或去杂货店购物。我体会到了简单的服务中所包含的新意义，而苏珊对我厨艺的肯定也让我欣喜若狂，尽管我从来都不外露手艺。

现在距离我写这些文字已经两年了，我感觉我们幸福生活的秘诀——除了每段成功婚姻所必需的爱之外——就是时间。除去极少的例外情况，每天早晨，我们的桌子上都会摆好早餐和花园里的花朵，我们会一起悠闲地共进早餐。每天晚上，伴随晚餐的都有蜡烛，边吃边聊。我们四处跳舞、睡懒觉、玩耍、不停地开玩笑，还在早晨做爱，尽管已经过了上班时间。

有时候我们会像小鸡一样斗架，但又会像情侣一样和好。我们会帮助对方记住我们都得去原谅对方，也都需要被原谅。我们家里没有电视，这让我们能够省下总共好几个月的时间，否则这段时间就会白白花在情景喜剧、真人秀和政治家的口舌之争上。我们将这些时间用在了每天上午一起阅读报纸上。每个星期，我们还会做香蕉煎饼和法式吐司来吃。我们珍惜在农贸市场里的悠闲散步、周末待在家中慵懒的午后时光。苏珊在院子里整理花草，我则为接下来的一周料理食材，而一听到厨房的定时收音机里传来《牧场之家好做伴》的歌声，我们都会停下手上的活计，一同翩翩起舞。

假日里，我们举办狂欢，与邻居和朋友们相聚，玩得狼藉一片。我们重新找到了失去已久的晚宴传统，但更多的时候我们会静静地共度良宵，两人依偎着看经典老电影（我喜欢的）和甜如蜜的浪漫喜剧（她喜欢的）。简而言之，我们以所知的最好方式将自己奉献给对方，并承诺一直走下去，不论发生什么。我们也会定期去教堂，在那里我感觉必须要直抒胸臆。除了感谢以外，还有不敢相信能得到上天如此的眷顾，这远远超过我所应得的。

所有这些听起来都过于乐观了，虽然我知道这是千真万确的。我并不是要为我们的婚姻或一般意义上的婚姻画幅漫画。苏珊和我与其他人一样都生活在真实中，不是在童话故事里。她是个完完全全的女人，而我也有着一般男人都有的毛病。结婚超过一个月的人，无论男女，无须读我的文章，都明白两性之间的天差地别。就像生活本身一样，婚姻不可能总是一帆风顺，但总是值得去过的。在历尽了酸甜苦辣之后，我已经几乎不能再将目光从她身上移开了。她永远是我遇见的最美丽、最纯真的女子，她给了我时间的意义。当她走进房间时，我的时间依然会因她而凝固。

45. 好的，坏的和更坏的

有时候我会想，驾驶小船穿越海洋，这种想法是不是表明我偏爱自命不凡的幻想。果真如此的话，恐怕很少能有如此大胆的幻想了吧，那就是将这段旅行比作智者在星星指引下前往伯利恒的马槽这段典故。

教堂的礼仪日历上要求我们，每到12月就必须去沉思一下基督之子的神圣秘密。而当我沉思即将开始的从拿骚向南的旅程时，我发现自己会来到一个地方。尽管不知道具体在哪儿，但它就在主显节盛宴所在地的附近。看起来，这是个带上礼物的好借口。

以前我也有过这样的幻想。1991年，当时我还在休斯敦，我和几个朋友成立了圣贤基金会，那是一家位于德克萨斯州的非营利性机构。其唯一的使命就是筹款购买圣诞节礼物，在一年一度从加尔维斯顿港到科珀斯克里斯蒂市的海上帆船赛期间，在船上将礼物送给穷人家的小孩。那一年有5艘船加入了我们的行列，装载了价值几千美元的新玩具。他们在感恩节后的第一天出发，但只有一艘船完成了比赛，因为风暴刮起了50节的大风，卷起了15英尺高的海浪。(直到现在,那次风暴还是我唯一一次晕船,当时我吐得像条狗一样。)被风暴逼退的船不得不停到奥康纳港,以另一种方式(空运)把船上装载的玩具送给了科珀斯克里斯蒂市的天主教慈善机构。这倒是让人想起了《圣经》里的故事——三圣贤在梦中得到启示,改变了路线。

19年后,为了给罗利市圣迈克尔圣公会教堂主日学校的一群小孩以及他们长期受苦的老师们带去欢乐,我同意将一个包裹装载到"吉普赛月光"号上。这个包裹里装的是他们自制的圣诞节贺卡、一份问候的录影带,还有其他一些礼物。我在哪里着陆,这些礼物就送给那个未知小岛上他们看不见的小朋友们。就跟1991年德克萨斯的墨西哥湾海岸边所发生的情况一样,希律王的鬼魂又要来搅扰我的来访。

离开拿骚后的第三天,我第一次见到了圣萨尔瓦多岛的绿色外廓。这里被认为是哥伦布来到新大陆后第一次登陆的地点,但其实要错过它们是很容易的。圣萨尔瓦多岛跟我刚去的新普罗维登斯岛相比,人口更加稀少,经济发展也有较大差距。

接近圣萨尔瓦多时,风向从东转到了东南,而就在我准备登陆时,风速慢了下来。天气如此之好,我没有理由去打断船底下绵延数里的稳定水流。我决定不在岛的西岸登陆了,而是前往港口,从分隔圣萨尔瓦多与朗姆屿的航道中走。走到一半,从岛上飞起了一架巨大的喷气客机,让我不由得捧起图册,再次检查了一下所处的位置是否正确。图册告诉我,我并没有偏离航道,圣萨尔瓦多岛上确实有座商业机场。我笑了笑,心想,要是哥伦布和他的船员来到岛上时，见到一只闪光的银色大鸟从岛上飞起，他们会怎么想？

夜幕降临，我直接奔向了朗姆屿。逆着信风向东返回深水区，这段路走得非常艰难。我这么走是为了能有足够的水深。图册上显示，朗姆屿里有一座不错的船坞，住宿条件也很舒适。不过倒是没有什么大型的机场，没法将船暂时停放在那里飞回美国。我在想，当初是不是应该在圣萨尔瓦多岛先停一下的。刚刚出航了三天，有的是时间，天公也作美。于是我再次将船舵打到朝着东北方的港口方向，船便一路向北，直奔公海。

黑暗中，尽管经过圣萨尔瓦多的南岸时有星星点点的灯光，但是它们不足以让我在船朝向东北时轻易地辨认出距离。船要一直往北航行，而我不让它继续走下去了，我让风帆顶着风，与下风岸保持一定的距离。为了能让每次抢风航行都发挥最大功效，我严重倚赖测深器和 GPS 来告诉我什么时候接近浅水区了，需要转向。抢风航行了 6 个小时，我终于再次走到离岸足够远的地方，开始向东南方向行驶。

第四天的早晨，我来到了萨马那屿以东较远处，这时我在相对较弱的风中从拿骚出发已经航行了 350 英里。海面一直波澜不惊，温和平静。

每天下午 3 点钟，我都会按计划打卫星电话，先打给苏珊，然后打给办公室的其他人，最后再跟苏珊说声再见。这租来的卫星电话可是个受欢迎的奢侈品，也是紧要关头又一项保障安全的措施。不过它的费用跟地面基地发射信号的手机不同，通过卫星向外打出的电话还是很贵的。每天这段短暂的通话让我能够与苏珊保持联系，也能及时解决办公室里发生的问题。因为已经远离了超高频的天气预报，因此这些卫星电话也成了我了解所在位置天气状况的大好机会。

旅途的前四天，天气状况很稳定，很温和，我都用不着麻烦苏珊给我查天气预报。到了第五天，天气还是如此，但我请苏珊查了查接下来的天气会怎样。没什么明显的理由，也许我只是想试一下吧。她去查了，我很开心。

苏珊没有关心过风速的预报，所以当她告诉我那天夜里11点之后将会刮起28到31节的风时，她明显没有因此而激动起来。她说完后，电话里一下子安静了下来，那是因为我惊呆了。过去5天的航行中，蔚蓝的天空下，风速从来没有超过15节。我温和地叫苏珊核实一下数字，她说没看错，28到31节的风将在6个小时后刮来。

苏珊意识到自己说了什么不寻常的东西，问我出什么事了。惊愕不已的我打心眼里感谢这次警报。我告诉她，这样的风速意味着我得趁着天亮跑到前面的甲板上，放下并收起所有飘扬的长帆布，让"吉普赛月光"号穿上它的"短灯笼裤"，以应对这糟糕的天气。

换过帆后，"吉普赛月光"号的风帆面积减到了只有手帕大小的三角帆和斜桁帆。船速也降到跟蜗牛爬一样，一小时都走不了一两节，这样一来我暂时哪儿都去不了了。不过，如果真的会有31节的风，我知道狂风来袭时我会庆幸自己已经提前升起风暴帆的。

躺在驾驶舱的铺位上,我基本睡不着,看着时针走过晚上11点,然后12点、1点、2点、3点,大海却安静得像个熟睡的婴儿。我感到有些沮丧,想给苏珊打电话问她是不是看成萨尔瓦多的天气预报了,那是个1000英里以外的中美洲国家,不是巴哈马的圣萨尔瓦多岛。凌晨4点,在这安静的海面上,船几乎没有往前走几步,我责怪自己没有再多问几个关于天气预报的问题。我准备在拂晓时再把风帆全部张开前进。

时钟敲了五下,恰在此时,仿佛约定好的一般,风速开始起来了,好像一个远道而来的人前来算老账了。出海已经6天,身处马亚瓜纳岛东北10英里处,这时候得决定应该往东南方向走前往波多黎各,还是往西南方向走前往特克斯和凯科斯群岛了。我在两条路线上犹豫不定。尽管凌晨时分的风越来越强,而且看起来还会继续增强,但同样的天气预报告诉我,第七天就会风平浪静下来,之后的几天也会如此。

波多黎各的圣胡安距离我的位置有500英里远,至少需要5天才能到达。特克斯和凯科斯群岛的普罗维登西亚莱斯岛,或者叫普罗沃岛,则只有30英里远。波多黎各听上去是很不错,但我已经很累了。独自在海上待了一周后,我实在是太想念我妻子了,在知道还有一个选择的情况下,我没法去挑一条远路,再跟她分开一周的时间。

图册中说,普罗沃岛是一个美妙的地方,但真正吸引我的是它所描述的当地艺术家和手艺人的聚居地,他们会在市场上卖自己的作品。我曾经考虑过有一天开家公司，在沿途经过的不同国家做手工艺品和珠宝的出口贸易。这听起来有点像海盗掳获商船，不过我是有发票的。路上所读的书，还有这次风暴的经历，足够解释我这次为什么要向南停靠普罗沃岛而不是向东走了。

除了关于普罗沃的行船建议之外，图册中另一个吸引我注意的地方就是一则警告。它说，任何第一次来到这座岛上的人都应该找一位领航员来指导他如何驾船通过蜿蜒曲折的珊瑚礁迷宫。还说有本书讲述了一个骇人的故事，有艘船就是由于船主忽视了这条建议所以搁浅了，受损严重。关于这块我不需要再读第二次了。

这座岛的北岸有座名为龟背湾的船坞，在查阅旅行指南中有关这座船坞的信息时，我得知它会为前来停靠的船只免费提供一位领航员。不过领航员下午5点钟就下班了，而且只会跑到珊瑚礁区域的边缘接来船。根据我所处的位置，只要引擎加把劲，我还是能及时赶到那里的。

柴油引擎轰隆隆地响得要命，我把节流阀完全打开了。一个月前刚刚在拿骚换过油，从那时起引擎的使用时间不超过48小时，因此燃料是充足的。小小的风暴帆现在更多是让船体在强劲的西北风中保持平稳，而不是推动它向前。不过在开足马力的引擎助推下，船速很快就提上去了。

早晨6点，风速超过了20节。10点钟，海风呼啸而来，根据海面状况判断，速度应该已经接近30节了。到了中午，浪高已达10英尺，大量泡沫状的浪堆涌上船头，向南推搡着"吉普赛月光"

号。老希律王显然不喜欢我的新航向。

曾经,我由于使用柴油机的水平不到家而付出过代价,而那天我在这上面又栽了一次。在航行中,这种辅助设施只有在周末回家进出船坞时才用得到,我可以走上一整个季度而用不了一杯油。由于自信不到一个月前刚换过油,我以为刚开了不到两天,油量肯定不可能过低的,所以没能意识到这段时间内引擎一直是全速开动的。这意味着,引擎的工作温度已经非比寻常,而且一直保持着这个水平。这就解释了为什么那天在大西洋的公海上,引擎烧了那么多油,我却一点都没注意到。

下午2点,为了赶在日落之前见到龟背湾船坞的领航员,我驾船飞速地行驶着。如果不是引擎突然熄火,我本可以有足够的时间赶到目的地,而且毫不费力。我压根没有怀疑船上的油量会过低,我将绑在甲板上的一个柴油罐里的油全部倒进了进油口,以为只有在开足马力时,船的耗油量才会增加,而造成驾驶舱油量表读数高于平常的原因是船体倾斜的角度。(人类的大脑总是喜欢最简便的解释,而不是最符合逻辑的解释,事后想想还真是叫人吃惊。)

我转动曲柄以发动引擎,但没能奏效。接下来,我打开了燃料管线上的初级过滤器,看是不是有什么海藻或碎片卡在了里面。可那里面非常干净,次级过滤器也是如此。我把所有零件都装回原处,拼尽全力从燃料管线中抽出空气,再次转动曲柄。引擎转了一圈,但还是发动不起来。

在给引擎排除故障的过程中,我用卫星电话联系了罗利市家中的朋友，朋友又联系了当地的船坞，直到有人接了电话。一家船坞里的一位好心的英国绅士表示虽然不能帮我牵引，但他有一部超高频无线电，可以联系到我。他在16频道给我打招呼，将我的坐标报告给了凯科斯船坞码头。码头准备从10英里外派一艘船过来，牵引我经过珊瑚礁。确信救援即将到来后，我开始顶风停航，以让它就近停住，保持在刚才报告的位置附近，然后回去继续倒腾引擎。

尽管我发誓不相信是油出了问题，但还是检查了一下，结果发现量油计的端头都已经干了，真是令人难以置信。我加了满满一夸脱的油，才达到量油计的最低刻度线，然后为了让油量回到标准线又加了一些。引擎依然无法发动，而且我知道，过不了多久，重复地转动电起动器就会开始对电池造成损伤。很快我就会彻底失去动力了。

不过，我倒没有轻易放弃。不像其他水手，我是学英语专业的，这让我在涉及机械技术时，自尊心有些敏感。水手当中的绝大多数人都会愉快地回忆起，在上高中时是如何重装他们大马力汽车上引擎的，抑或是其他类似的经历。尽管在内心深处，我是怀疑自己在试图让"吉普赛月光"号的引擎复活时，有没有把事情搞得更糟，而不是更好。但是，这种尝试会给我的自尊心带来奇迹。

一般的电池即使电量耗光了，只要放一段时间后还是可以再启动一次引擎的，何况我的电池还没用光呢。我怀疑是不是在检查燃料过滤器的时候，让一些空气进入了燃料管线，堵住了喷油嘴的燃料通道。于是我让电池休息一会儿，花了半个小时盘弄手动供油泵，试图将气泡给挤出来，但从排气螺塞旁边流出来的只有燃料，没有别的。用了这招之后引擎还是不能启动，我知道我已经黔驴技穷了。无论一开始出了什么问题，反正我现在肯定是诊断不出，也治不了了。什么都做不了，只能保持在现有的位置，等待拖船的到来。

尽管在风暴帆之下我能安享舒适，但天已经渐渐暗下来了，我开始怀疑，他们在超高频无线电上保证说有条拖船正在赶往我所处的位置，到底是不是真的。后来总算弄明白了，在信息从一家船坞传递到另一家的过程中，我所处位置的坐标被听混弄错了。听他们说，拖船在数英里外的另一个地点找了我几个小时。太阳即将落下的时刻，我收到了一则坏消息，拖船的操作员已经放弃了，第二天早上之前是不会再有援助到来了。

曾经一度，我的确考虑过干脆扬帆开进去算了，不知道珊瑚礁在哪里也无所谓，希望我能撞大运。甚至无线电里那位好心的英国人也说得轻描淡写，劝我去试一试。可我知道，一般人是绝对无法办到的，也绝不应该去尝试。尽管很着急抵达港口，但最终我还是认定，晚上仅靠风力航行，加上潮水和洋流的影响，引擎又无法工作，这种情况下在未被标注的路径中试图穿过珊瑚岬，是件极其愚蠢的事，比在陷入此窘境之前所犯的错误更加愚蠢。

那好心的英国朋友是个不会轻言放弃的人，他距离我依然足够的近，可以用无线电联系。他建议我向南航行15英里，在西凯科斯岛边找个可以过夜的锚地，然后早上再往回走15英里等拖船。我也考虑了一下这个方案，但看看西凯科斯岛的图册，想想在那边扬帆航行和登陆时可能会碰到麻烦的珊瑚礁，我还是决定选择在安全的公海上逆风停船过一夜。尽管我敢肯定，这个选择如果让丘吉尔先生听到了，他一定会骂我太婆婆妈妈，但是我认为那是当时我所能做出的正确选择。驾驶"吉普赛月光"号出航后发生了很多讽刺的事情，其中之一就是我后来得知，正当我抵达普罗沃岛时，一艘载有大量海地难民的帆船在西凯科斯岛边上沉没了。

整理好甲板上的东西，设定好船接下来两小时逆风停船的初始航向后，我来到船舱中煮了点开水泡茶，做了点好吃的慰藉一下。壶中的水要开时，我注意到从船舱舷窗中透过一道闪烁的蓝光。我跑上甲板，在黑暗中能够听到几个人的声音。最终我看到了一艘小汽艇的模糊轮廓，它正朝我这边开过来。那是艘警用艇，凯科斯岛船坞的管理者为了兑现当天派一艘拖船过来的承诺，在拖船回家后又安排了一艘警用艇来找我。

在渺无人烟大海上等了几个小时后，我对乘着警用艇前来接我的人表达了由衷的感谢。其中一个人问我有没有拖曳缆绳，我说没有。当时我还担心了一下，没有合适的拖拽缆绳该怎么拖船。但很快我就表示没问题，跑到下面找了一根可以派上用场的备用升降索。尼龙升降索很长也很结实，不过它不适合拖船，因为它们掉到水里会沉下去——正是这一点，那天夜里晚些时候给我们带来了点出乎意料的笑料。

没过多久，升降索就位，可以使用了。警用艇拴着"吉普赛月光"号,往黑暗深处开去。除了一道蓝色的手电光之外,我几乎什么都看不见。有人问我这艘船的吃水深度有多少,我回答道:"4英尺2英寸。""那我们应该没问题。"那个看不见的人回答道。听到这句话,我看了一下GPS系统上警用艇的初始航向,我猜开船的人是有意要径直穿过珊瑚礁区域的一个角落,并从那一侧进入河道,而不是绕远路从深水区正面进入河道。他肯定知道珊瑚岬的位置有多深,我想,他问我吃水深度仅仅就是想确认一下我的船是可以安全地从珊瑚上方经过的。毕竟,谨慎的航海者都明白,在决定如何航行时,对当地情况的了解才是最需要考虑的,它甚至比印刷出来的航海图还重要。我想,再没有比警用艇更可靠、更熟知当地的情况了吧。

离那座岛还有很长一段路。"我们应该没问题。"这句话说出约半个小时后,我们遇上了大问题。

在没有任何预警征兆的情况下,我突然感觉到"吉普赛月光"号的船头向上抬起,并向左倾斜,同时还伴随着一阵刺耳的嘎吱声,好像被船底下的什么东西咬住了一样。船猛然停止并倾斜,我一下子失去了平衡,从驾驶盘后面的位置跌倒。紧接着,船向前滑行了一段,船头落回海面,恢复了平衡。

原来,我们碰上了一座珊瑚岬,从一侧冲上去,从另一侧滑下来。那一刻我意识到,船壳可能被破了个洞,船也许会沉没。好消息是,"吉普赛月光"号又浮了起来,但坏消息是,如果现在跑到深水区中,船就可以自由地沉没了,一旦如此便无药可救。我心里迅速盘算着刚才发生的事可能花费掉的人力物力财力。

更糟糕的是，这次突然的搁浅将原本就更小、更轻的警用艇拖停了，尼龙升降索因此松了下来，沉到了警用艇的下方。下沉的缆绳一下子缠在船上两个舷外发动机之一的推进器上，断掉了。

黑暗中，我能听到警用艇上人的谈话声，他们试图解开被缠住的推进器，但没有成功，于是那只引擎一晚上就都处于失灵状态。最后，我们把剩下的拖曳缆绳再次系紧，靠仅剩的那只舷外发动机继续进行拖船作业。这时，警用艇的推进动力偏离了中心，拖在后面的船又比它大很多，所以只能缓慢地蜿蜒向前，左晃右晃，像条喝醉了酒的蛇。

经历了冲上珊瑚岬这一事件后，我用无线电联络了拖船，建议从珊瑚礁区域的角上绕过，找水深的地方向前走。当我告诉他们我的船上有 GPS 导航仪和测深仪，可以看出所处位置和水深之后，警用艇上的人欢欣鼓舞起来，因为他们没有这两样设备。从那以后，他们便请我每隔一段时间在无线电上报一下水深，对 12 英尺以下的深度一直保持着高度警惕。就这样，他们找到了一条到岸的安全道路。

讲这段故事时，虽颇感黑色幽默，但我绝没有鄙视营救者的意思。那天我犯错误比他们早，也离谱得多。有他们的帮忙，我感觉很幸运，也很感激他们。那天我在完全没有必要的情况下急匆匆地想要抵达港口。老天，我呼叫拖船的时候就跟哭着叫妈妈的小屁孩一样。

警用艇把我的船带到了乔克湾的外面，松开缆绳，让我在平静的水面上安全地下了锚。到了早上会有另一艘拖船过来，带我走完前往凯科斯船坞码头剩下的路。下锚之后,我检查了一下舱底。发现里面没进水,我心里一块石头落了地。这也就是说,在珊瑚礁搁浅的那一下没有弄破船底。不过,造成严重的结构性损伤还是有可能的。第二天一大早,我戴上潜泳面罩,跳进清澈无比的水中,去检查船壳和船舵有没有损坏。

我惊讶地发现,从龙骨底部一直到船舵边缘,甚至连一丝油漆划痕都找不到,前一晚"吉普赛月光"号撞上珊瑚礁时,我可是听到一声惨叫的。船体毫发无伤,希律王的鬼魂极尽所能地捣乱,却没能留下任何值得炫耀的东西。有鉴于此,我不仅要感谢造物主,也要感谢"吉普赛月光"号的生产厂家——奋进游艇公司。

奋进公司原本坐落于佛罗里达州拉戈市,曾是美国造船工业中的佼佼者。但是自从20世纪80年代国会通过对船只征收10%的"奢侈税"法案后,公司便开始走下坡路,与其他一些造船公司一样倒闭了。这项税本来是加在"富人"头上的,却导致新船的销售量大减,重创了美国的造船商,还造成了数以千计的人失业。现在富人们都跑到法国买船了,但是,奋进公司在1974～1988年间建造的成百上千条结实耐用的船只,包括"吉普赛月光"号在内,现在依然在大海上往返航行,展示着美国人精湛的造船工艺。

46. 让陌生人搭便车

船完整无缺地抵达了目的地，我很开心，但普罗维登西亚莱斯本身却让我大失所望。说实在的，逛了一圈之后我就后悔没有继续向前走了，那样我便能再利用几个好天，去往多米尼加共和国或者甚至波多黎各，体验更加原汁原味、丰富多彩的加勒比风情。

普罗沃岛是特克斯和凯科斯群岛中最大的一个。从地理学上讲，它们是巴哈马群岛的一部分，有着类似的低海拔、贫瘠沙化的土壤以及低矮的植被。而在政治上，特克斯和凯科斯群岛是英国的属地，处于英国的财政管辖范围中。当地人责怪英国人提高了当地的物价，让他们本应幸福的生活变得窘迫。

这座岛的商业发展起步较晚，开始于20世纪80年代中期，而在那以后又在经济衰落的大潮中停滞不前。也许正因如此，我在普罗沃岛所看到的是大片大片的空地，连接空地的是几条稀稀拉拉、漫长又满是风沙的路。在拿骚，你可以乘坐公交车四处转悠，但在普罗沃岛上根本没有既廉价又可靠的公共交通系统。这里的大多数人要么自己有车,要么租车,而那些付不起岛上高昂油费的人只好步行或搭便车。

船坞里一艘潜水船上有个水手要出去买些零件,我便跟着他的车进了城里。我计划在机场租一辆汽车四处转转,尽可能多找一些苏珊可能感兴趣的地方,准备以后回到这座岛上时带她一起去看。

普罗沃岛上的车是靠左开的。尽管这是我第一次左手驾驶,但很快我就掌握窍门了——至少我是这么认为的。

在机场租完车,弄清楚第二天回机场乘机的路线后,我回到了船坞。我把"吉普赛月光"号开进泊位,在港务局长那里签好合约,然后带着纸和笔再次返回到城镇中。我准备在接下来的6个小时内,好好领略一下这座岛上的风土人情。

走在普罗沃岛的路上,感觉十分孤单,而通往凯科斯船坞码头的数英里主干道更是寂寥无比。正当我开始遵守规则靠左行驶时,我遇到了一位身材保持得很好的亚裔中年男子。他穿着一件有领子的衬衣,一条满是灰尘的长工作裤。他没有搭便车,而是在步行,坚定地在这段漫长的道路上走着。我放慢了车速,请他上车,于是他进来了。

30年来,这是我第一次在路上停下,让一位陌生人搭便车。我也不知道那天我为什么要停下来。也许我是想了解一些当地的文化,但很快我便发现从他身上什么都学不到,因为他不太会说英语。

于是,我们便默不作声地走完了这条主干道剩余的路。路程很长，那个男子坐在我旁边，我边开车边回想刚才是怎么帮他的。我想，他一定非常感激我的友好举动。对自己还有自己的善行，我都感觉棒极了。

在干道上停下后，我准备左转往镇上走。当时我的注意力集中在靠左侧行驶上，拐弯时全神贯注地保持在正确的路道上。但我没有注意到、也没有看到的是从右边向我飞驰过来的车辆。幸亏我的乘客注意到了这一点，否则我现在就没法跟您写这些东西了。

开始左转时，旁边的男子大声叫道："停！"我吓了一跳，赶紧照办。一秒钟后，几辆飞速行驶的车在我的前保险杠旁呼啸而过。与死神擦肩而过，我惊魂未定，几乎没听到他用标准的英语跟我说，转弯后再走1英里他就到了。

对于准备在普罗沃岛上租车的美国人来说，靠左行驶只是要记住的东西之一，还得学会在左转之前向右查看。不过，比这些技巧更重要的是，只要明白当我们为陌生人提供方便时，我们有时候也会因为他们的帮助而获救——在最孤独的路上，在最不可能的地方，在我们最需要的时候。

47. 在纷繁喧嚣中找到平静

　　滨海的格雷斯湾边上有条繁华的林荫道，沿路有高端酒店、餐厅和商店，与普罗维登西亚莱斯岛的其他地区形成鲜明的对比。在这里，我看见很多有钱的度假者和侨民，他们在著名的蔚蓝之海旁享受着高品质生活。格雷斯湾上精美的杂货店还聘请了武装保安站在门口，他们会与每个进门的人进行眼神接触，这一点也充分说明了这里显著的社会经济地位差距。

　　在格雷斯湾的酒店和别墅周围，遍布着销售顶级珠宝和服饰的商店以及奢侈品的设计工作室。但是如果普罗沃岛上也有各式各样的艺术家聚集地，销售当地的手工艺品和艺术品的话，那天我开着租来的车愣是没找到。不过我倒是发现，当地文化大部分是从新兴的旅游业发展起来的。格雷斯湾透着一种昨日初生的不真实感，这让我想起了加州沙漠里的一部电影。

　　然而，每一片沙漠都有绿洲。我就在普罗沃岛上找到了一个，它在圣莫妮卡教堂里，那是一座英国国教的教堂。

　　毕竟，我到这座岛上的目的之一是为了完成一项使命，我借用了两千多年前贤者的故事，船上满载着礼物，用以致敬上帝之子。我扬帆起航，为的就是找到他。而在天使的安排下，我找到的是一个她。

我给圣莫妮卡的教区长家里打了个电话，教区长的妻子接的电话。当然，她不认识我，也没听说过我的航行，但还是帮我联系了礼遇。过了一会儿，一位名为里昂的先生出现在了船坞中，他说牧师现在正在另一座岛上访问兄弟教区，他代表牧师向我致以正式的问候。

里昂上了船，跟我讲述了他以前在游船上工作的经历。得知了我的旅程后，他对"吉普赛月光"号上的自驾风向标系统产生了浓厚的兴趣。同时他还邀请我参加周日的礼拜，届时我可以有幸听到他为唱诗班吹的小号。他还将向教堂的会众讲述我从拿骚出发的7天独自航行经历。我感觉他们听了我的故事后，会更加坚信上帝的确会照顾这个世界上的傻瓜的。

周日早晨，我早早地来到了圣莫妮卡教堂，胳膊下面夹着罗利市的孩子们托付给我的一包亲手制作的宝贝。我在一排排空荡荡的靠背长椅中找了一个中间的位置坐了下来。周围很安静，就我一个人。在海上时，我过得像单身汉一样慵懒，连着两天没刮胡子没洗脸。那天早晨去教堂前，我好好地刮了个脸，露出了鼻子和下巴上疯长的鳞片状红皮肤——那是我的爱尔兰祖先留给我的遗传特征。我看上去就像一个刚从戒毒疗养所里出来的人。

坐在靠背长椅上等待救赎的时候，教堂里一片寂静，而想起两天前海上的喧嚣，这种强烈的反差让我心情无法平静。我突然想到，这些或平静或嘈杂的独立世界包围了这个星球，如果我们认为处在其中之一的时候就可以躲开另一个，那就错了。我们面对的挑战是在这纷繁喧嚣中找到平静。而要想做到这一点，我们就不能只是一厢情愿地认为这世上所有的事情都是公平的。我们应该回想起上帝的承诺："在世上你们有苦难。但你们可以放心，我已经胜了世界。"

早早来到教堂的还有一个小孩，一个10岁的女孩。她表现出异于同龄人的自信，选择坐到了红脸陌生人的身后，还和他攀谈了起来。她告诉我她是家中最大的孩子，每天都要为弟弟妹妹们做饭，照顾他们。她还跟我讲述了她已过世的父亲的故事。听到这个不幸的消息，我坐直了身子，更加认真地听她讲，心想她选择跟我说话，是不是想要得到心灵的慰藉。

而我呢，告诉了她我的旅行和礼物。当我说到在海上的最后一夜，看见明亮的星辰从南方洋面上升起时，我看到她眼中闪烁的光芒。现在看来，尽管别人都觉得难以置信，但那颗星辰似乎就是把我指引到了那个早晨、那个地方，来到这个小孩身边。

很快其他小孩也来了，我将所带的大量卡片和小的友谊徽章送给了他们，他们打开这些礼物时开心极了。在那之前，我请那个坐我旁边的小女孩接受一份大礼，那就是我在整个旅途中竖在"吉普赛月光"号上的旗子。这面旗子是我所在教区的孩子们精心缝制的，上面绣着我们的信仰标识：十字架、圣杯、鱼、天使和鸽子。她友好地拿着这面旗子，在圣坛前拍了一张照片。看着她阳光般的微笑，我终于发现了自己通往圣诞星休憩之地的路。

48. 天际线上的景象，只属于航海家

不到一个月，"吉普赛月光"号上的引擎就修好了（他们告诉我罪魁祸首是一个失灵了的燃油泵，而不是油量不足）。时间是2011年2月，船已经准备好再次出海了，我也急切地想要向南航行。这一次苏珊会陪我一起走，我们计划花三天时间抵达多米尼加共和国——这是她第一次航海。

凯科斯船坞码头里的员工服务态度很友好，收费也比较合理，但这片遥远的、未开发的海岛之角在天黑之后却满是沙虱和蠓虫。如果你是坐在一艘有空调的超级游轮上，那就根本不成问题。但对于船上的苏珊和我来说，它们让我们的那一晚变得不像是在度假。她柔软光滑的皮肤成了这些小虫子的主要攻击目标，第二天早上起来的时候，她看上去像是长了水痘一样。

返回普罗沃的航程重点是要见几位友好的瑞士水手。过去的十二年里，他们每一年都会花上半年时间游历于加勒比海上，另外半年则在法国的勃艮第居住、工作、给美丽的女儿进行家教。在我们准备前往多米尼加共和国之前，他们邀请我们到他们的船

"塔瓦"号上喝酒吃奶酪。他们计划在准备工作做好之后也跟随我们的脚步。这些人根本不需要我们去解释到底为什么要折腾驾船渡海，跟这样志同道合的朋友在一起真是开心。

清澈的浅水区从普罗维登西亚莱斯岛向东南方延伸60英里，它标识着一片巨大的石灰岩大陆架的外缘。这片大陆架形成于1亿3500万年前的侏罗纪，支撑着巴哈马群岛绵延600英里范围以内的低海拔岛屿，其中也包括特克斯和凯科斯群岛。外缘以南的海水要深得多，岛屿也因为加勒比板块积年累月的地震活动而比巴哈马的明显高出很多。

伊斯帕尼奥拉岛面积很大，位于普罗维登西亚莱斯岛以南130英里处。这座岛分为两个国家，西边是海地，东边是多米尼加共和国。海地这一边植被荒芜，人民生活贫困，数十年里农业都只能自给自足；而多米尼加共和国的农业出口和旅游经济则让这个国家的人民能够安居乐业。多米尼加共和国境内有高达1万英尺的青山，物产富饶的山谷，还有瀑布河流，就像一座南太平洋的火山岛。

我们花了一晚上时间研究地图册，设计出了一系列的GPS的路径点，还有一条大致往南的路径上的罗盘航向。第二天一早我们就离开了凯科斯码头。乘着一向可靠的徐徐东风，我几乎不费力气就扬起了帆。这时柴油引擎就可以休息了，3天之内它都不再用得上。

有个女人在船上，我为她提供着各种帮助，而通常我都只能死气沉沉地一个人待着。我让苏珊舒舒服服地安坐在驾驶舱里，她可以随时看到天际线，以保持平衡。她的晕船现象时好时坏，最不适的时候都不太想吃东西。3天的航程里也向海里吐过一回，不过她的精神状态一直保持得不错。

到了出海后的第二天中午，苏珊已经可以容光焕发地伸直身子平躺在驾驶舱里了。她枕着枕头，一丝不挂地晒着太阳，听着iPad通过驾驶舱扬声器播放的音乐，不时啜一口朗姆潘趣酒。我的基因似乎给我涂了一层抹都抹不掉的防晒值在30倍以上的防晒霜，而苏珊却可以不费力地晒出一身加州黑，这种肤色在她身上尤显迷人。天呐，看来她是低估了加勒比海上的太阳。到了晚上，她又恢复了粉红的肤色，裹着毯子坐在防浪板的下面，衣服穿得严严实实，就像牧师的女儿一样，接下来的旅程中也一直如此。

从普罗维登西亚莱斯岛出发向南航行，第一次抢风行驶中，我们从海地的海岸线上隐隐约约地看到了慢慢出现的海龟岛轮廓，真是令人拍案叫绝。它真的就像只海上的乌龟一样——正如给它命名的第一批探险家们所看到的那样。从美国出发是无法在一天之内航行到此地的，一想到这一点，我的自豪感便油然而生。因为我认为，天际线上的此般景象只有航海家们可以目睹，从迈阿密出发享受周末悠闲钓鱼时光的人是无福消受的。终于，我以决绝的努力，实现了儿时的梦想。

49. 在厨房里烹调婚姻

尽管苏珊有轻微的晕船，但不知道为什么，她在我们前往多米尼加共和国的途中总是在问我关于钓鱼的事情。她就想知道，我什么时候开始钓鱼？钓一条鱼要多长时间？鱼钓上来后怎么处理？为什么还没有开始钓鱼？然后钓完之后又要问我什么时候再开始钓鱼。

说实在的，捕鱼的清理和准备工作十分繁杂，而且都得我一个人做。与之相比，我更愿意开一罐鹰嘴豆，跟红柿子椒、孜然和海盐一起用橄榄油炒，然后浇在菰米上，配以香菜和辣椒粉，一顿美味就此诞生。这道菜里的所有配料都来自整齐摆放好的瓶瓶罐罐和包裹里，可以从船上的食品储藏室中拿到，而不像钓来的鱼一样，还要先把那激烈地扑腾翻滚的小东西宰了才能做菜。

要在航行中的帆船上钓鱼，需要拽动架在船尾栏杆上的一根鱼竿上的钓线。无论钓没钓到鱼，这么做都会给航行带来危险。曾经有两次，我在海上抢风行驶或转向时，忘了先把50码长的钓线收起来,结果发现钓线在转弯时穿过了船底,缠在了推进器上。这两次我都扮演了《海底追捕》电视剧里有一集中劳埃德·布里奇斯所扮演的角色——带着专门割断绳索的刀具,纵身跳入大海,去将绳索割开。在1英里深的海上游泳,这感觉很是惊悚。除了在你下方一路直降入深渊的蓝色以外,你什么都看不到,你会觉得自己是世界上最渺小的生物之一。

在我们离伊斯帕尼奥拉岛的海岸还有75英里左右时,这种感觉再次袭来,因为我听到钓竿绕线轮上的制动器发出了一阵不寻常的转动声。

我放在"吉普赛月光"号上的钓竿绕线轮是开口的,鱼竿也是又短又粗,它们是用来进行深海捕鱼的。我设置了制动器,以使从绕线轮抽出线所需的拉力低于30磅钓线所能承受的最大拉力。这就意味着,结实的钓线会让吊钩足够坚挺,小鱼或中等大小的鱼一旦上钩,便无从逃逸。而如果是更大一点的鱼,它们就会把钓线抽出绕线轮,而不是把绕线轮弄坏——当然了,除非真的钓到了个大家伙。

在船上我唯一愿意带的钓饵是一只穿着草裙的奇特绿蜥蜴。我不知道为什么,但是对鲯鳅鱼和其他所有带牙齿的水中生物来说,这东西是致命的诱惑。鱼上钩后,如果它太大,仅靠风帆的动力拖不动,钓竿绕线轮上的制动器就会发出咯噔咯噔和噼噼啪啪的声音,钓线会被向后从绕线轮上抽出去。通常制动器发出的声音是短促而不连贯的,就像患有心律不齐的节拍器一样。而这一次,绕线轮跟纺织厂的机械化纺锤似的,钓线的抽离速度飞快，发出的声音也是平整的、电气化的嗡嗡声。

我站在船尾的栏杆旁，看着冒烟的绕线轮，惊讶得不敢相信自己的眼睛，也不知道该怎么办。苏珊则因为终于钓到什么东西而兴奋不已。可是照着这个速度转下去，我知道很快线就会全部抽完的，被拽动它的那个家伙拖到西非方向。

当我可以大概数出铁线轴上的单纤维丝还剩几圈时，那个大怪兽停了下来。趁这个时候，我轻轻地将钓竿从支架上松开，开始摇绕线轮。可是不管花多大力气，都似乎是徒劳无功的。

线的重量太重，绕线轮的齿轮已经承受不了这么大的重量了。这种事情吓不倒我，我将自己正对着船尾，两只脚抵着舱口的栏板，动作就像去麦加朝圣的人所做的祷告仪式，将钓竿的尾部握在腹部，尽力向后倾，然后再尽力向前倾，像疯子一般卷起中间松弛下来的钓线。这场拔河持续了将近一小时，完了之后这条鱼似乎还是没有投降的意思。

每次我拔过来几码，那条鱼就会再拽回去，于是我们就一直保持着势均力敌的状态。苏珊感觉这样的情况有些不可思议，因为以前她在农场的鱼塘里捉翻车鱼时，根本不可能发生眼前的这种生死搏斗，而面对这样的状况，我们什么都做不了。

最终，我把钓竿拽到了船尾栏杆的支架上，让"吉普赛月光"号替我打这场仗，但它也没能比我做得更好。钓竿竖在那儿，被猎物拖得上下左右摇摆抽动，钓线则一直紧绷着。这一局面持续了十分钟后，我再次用手来拖动钓竿。那头野兽丝毫没有让步，我没法将它向船的方向拖动1英尺，就好像我是在提起一只卡在海床里的引擎似的。

我可从不愿意认输，但这次最终还是败下阵来。当我最后使出吃奶的力气往后拽钓竿时，钓线啪的一下断掉了。没捕到鱼，苏珊一脸失望，但想到我们也许并不愿意知道刚才逃走的是何种怪物，也就没说什么。就算我们真的把它拖到船边，也可能根本没法弄上船；就算我们把它弄上了船，还指不定谁是谁的午餐呢。

我还有一些多余的钓线，不过最高兴的是，那只跳跃着的草裙蜥蜴进行了一次演习。尽管与大猛兽的搏斗以失败告终，但这至少证明我们是在一片鱼量丰富的水域，这里肯定还有其他种类的鱼。没过多久，草裙蜥蜴就再次前去施展它可怕的诱惑了。

我将新的钓线安到绕线轮上，甩到水里，过了不到半个小时，制动器唱起了另一首歌。这一次声音更加熟悉，不连贯的咔嗒咔嗒声说明这条鱼的块头大到足以激活制动器，但还不至于压倒它。我手里拿着钓竿，感觉这一次另一端的重量好控制得多了。15分钟后，一条肥硕的鲯鳅鱼被钓了上来。它泛着明亮的绿光，重量大约10磅，躺在船舱中，不停地翻动跳跃着。

当这条鱼丢掉了颜色和性命，准备下油锅时，从片鱼刀切开的口子中渗出了红色的血，吓了苏珊一跳。鲯鳅鱼是个新起的名字，它们原本叫海豚鱼，这样的改动是为了让美国的食客们不至于良心受愧。它们红色的肉中一般有着丰富的血管，肉质与其他种类的鱼相比更接近牛肉。我准备晚餐就做这个吃。

那天下午，伊斯帕尼奥拉岛海岸旁，"吉普赛月光"号的厨房锅中那两块又厚又鲜的鱼肉片如果放在世界上任何一家餐馆中，都是一道上等的美食。不过出发之前，我既没有时间也没有想到去买一些必要的配料，来将我们的猎物做成一道大餐。我只能用现有的材料了。

我通常会在船上的食品储藏室中放上几包汤汁拉面，加上足够的脂肪和碳水化合物，那就是一顿热乎的饭。而对于海上航行的船只来说，重要的是它们可以在任何天气情况下，在摇摇晃晃的炉子上用一口小锅就能做成了。橱柜里的几个蜂蜜罐和橄榄油罐非常显眼，就在它们的旁边，我看到了一包东方风味的汤汁拉面。于是，我想到了一个既简单又优雅的烹饪计划。我把那顿大餐的做法列在了下面，以后我们就愉快地称它为"麦克的快烧鲯鳅鱼"：

取一包东方风味的拉面，不打开包装，用你的手掌根将袋子里的面压碎。小心地打开包装，仅取出里面的调味包。

在煮锅里倒两杯水煮沸，放进除去调味包的面条，小火慢炖3分钟，或者煮到面条发软为止。把面条捞上来，盖上盖子保温。

在平底煎锅中倒入半杯橄榄油。

在橄榄油中加入四分之一杯蜂蜜，放入调味包中的调料和少许海盐。开小火，将这些调料在平底煎锅中搅拌均匀。

在煎锅中加入半杯腰果。

将鱼片放入煎锅，充分裹在油、蜂蜜、腰果、调料和盐中。小火将鱼片煎熟，放入碗中。继续加热煎锅中的调味汁1~2分钟，直至浓稠，倒在碗中煎好的鱼片上，在煎锅中还留一层薄薄的调味汁。

将煮好捞出的面条和欧芹片放入煎锅剩下的调味汁中，颠几下，使面条充分裹上调味汁。

将面条分到两只盘子中，每只盘子中放上一片鱼肉，用汤勺浇上调味汁。

轻轻撒上碎帕尔玛干酪、欧芹和黑胡椒粉。立即上菜。

简言之，在登陆多米尼加共和国前的最后一天下午准备的这顿饭，是我们一生难忘的时光。苏珊本来就有点晕船，闻到鱼血和盐水混合的气味后更想吐了，所以只吃了几口，但她很享受吃到嘴里的味道。事后回想，我觉得这条鱼、这顿饭就是我们生活的写照。

这道在伊斯帕尼奥拉岛海岸边吃的菜之所以如此令人难忘，是因为它在制作方法和品相上的不完美。作为入门级烹饪者，我们期盼的不是这种鱼。而那只神秘而高级的品种已经逃到了大西洋的底部，嘴里还叼着一只满心不快的草裙蜥蜴。送上门来的是条小一些的鱼，我们不得不接受了一顿平常的饭。似乎由于这些显而易见的原因，这条鱼不可能成为一条完美的鲯鳅鱼。然而，它却十分完美。

这次的捕鱼来得太突然，出乎我们的意料，没有时间去想如何在饭桌上摆出精巧别致的样式。船上没有冰箱，等到第二天就会错过良机，这一刻就是要好好把握的。这道菜要么立刻去做，要么就做不了。

小船上的厨房不停在颠簸倾斜，用来烹饪的也只有酒精炉微弱的小火，所以无论如何，这道菜能烧成美味的几率都很低。然而，它却十分美味。通过我们的想象和手头的些许调味品，我们让鱼的味道得到了改进，让它成了一道极品珍馐。

这次旅程过后几个月，有一次我又想到了那条不大的鱼，还有它在"吉普赛月光"号的厨房里的华丽变身。当时我碰巧在看网上直播的威廉王子和凯特·米德尔顿的王室婚礼，他们现在是剑桥公爵和夫人。

在今天这个破碎的社会中，看到两位如此年轻的人能在婚礼上互表衷心，我有一种奇怪的家长式自豪感。我觉得我有必要把这份自豪感告诉他们，于是我以苏珊和我两人的名义写了一封简短的贺信，寄往了伦敦。在信的最后，我将"麦克的快烧䱵鳅鱼"的做法加在了附言中，想请这对新婚夫妇尝试一下。后来，我们收到了宫廷秘书的亲切回信，他们转达了这对皇室夫妇带着典型英式礼貌的感谢。这份回信现在成了我们家的一份珍贵纪念品。

当然了，公爵和夫人几乎不可能去尝试我的食谱，他们的助手可能还会觉得奇怪，怎么会有人觉得拉面是值得向皇室推荐的食品。不过我还是希望，如果有一天，厨师们太忙了，而其他的菜肴都看起来没什么吸引力，威廉和凯特会发现䱵鳅鱼就跟婚姻一样，你想怎么对待它，它就会是什么样的。

与凯特选择了威廉不同，没有人把我当作白马王子，我也不是苏珊的第一任丈夫。很久之前，虽然吃了那条鱼，但苏珊后来还是把它吐回了大海之中。我也不是一个选择逃离的人——那种充满了戏剧性、令人兴奋而又神秘莫测、决不服输、最终挣断绳索的生活与我无缘。相反，我就是那条一头跳上船的鱼。我们的相遇很突然，很出乎意料，而为了在那一刻做出些有意义的事，我们不得不去紧紧把握机会。我们很高兴这么做了。

  我和苏珊两个人仍在厨房里烹调着我们的婚姻。我们用的是手心里的梦想，加上一点天真烂漫，不掺杂一丝伪装。此般做出的婚姻大餐虽不完美，但已是天作之合，它比所有的要素堆在一起更加伟大。现在，在这个黎明时分，正当我似乎得在苦海上永远地孤独徘徊下去时，我发现自己深深地爱上了一位女子，成了她忠贞不渝的丈夫，成了她最珍爱的人儿。我得说，那天的鱼捕得不错。

第七章

未来的旅程

50. 心是唯一的导航灯

2011年2月24日，我和苏珊安全地在多米尼加共和国靠近普拉塔港的科弗雷西登陆了。来到这座天堂般的岛屿，我从2009年8月在安纳波利斯开始的旅程画上了完美的句号，而这本回忆录里所写的故事也要就此告一段落了。所以，我的朋友，似乎我和你们终于抵达了长久期盼的港口。我相信你们已经在此次旅途中发现了一些有价值的东西，也可以安享在港口休整的满足感了。

这些文字我写于2011年的11月，那时飓风季已经快要结束了。过了飓风季，"吉普赛月光"号和它的船员又将踏上新的旅程。这段旅程何时开始、前往何方、要走多远、有什么样的故事可以写，我不知道。然而，无论星星指引我走向何处，可以肯定的是，接下来的旅程将与你们刚才所读到的大相径庭——它的目的将不会是追寻爱、幸福或完美的鲯鳅鱼，因为这些珍宝都已经安全地在您手中了。在天际线上等待"吉普赛月光"号的，是未曾探访的水域和未曾讲述的传说。

简单地说，现在前方有两个选择：要么向西，要么向东。向西就取道向风海峡，穿越上千公里的洋面，来到巴拿马和巴拿马运河，然后不间断航行40天，抵达4500英里以外的马库萨斯群岛。向东就穿过加勒比海上各个受人喜爱的岛屿间的荆棘小道，然后便不再向前。

第一条路是环游世界的路，在心灵的纬度上，对于一个来自巴尔的摩的男孩来说，实在是太陌生，他可能永远也找不到回头的路。另一条路更短，更熟悉，离家更近，也更安全，离幻想中的危险相对较远。不管走哪条路，一个人的心是他唯一的导航灯，它会告诉你前进的方向在哪里。

这次航行中，我已经充分认识到，不要自以为明白应该前往何方，更没有能力告诉别人该往何处去。当看到"吉普赛月光"号的航行轨迹时，你我都将知道它的目的地在哪里，而在那之前，我们无从知晓。我希望，无论将来能到达哪座港口，我都能记录下那里大大小小未知的奇妙。直到那一天，每一天我都请您为我祈祷，我也会给您我的祝福。

愿平安与您同在，亲爱的朋友，但愿您能从我的文字中觅得一丝上帝赐予的安宁。

尾 声

别了,"吉普赛月光"号

51. "吉普赛月光"号的失去

生活中有梦想,也有幻想。能分辨这两者的,便是智者。

2009年的春天,当我终于下定决心踏上吹嘘已久的旅程(但很少有人相信)从安纳波利斯前往拿骚时,我征求了一位技工的建议。他很熟悉柴油机的工作原理,对油泵、滑轮、齿轮、过滤器和导管等必要部件组成的复杂系统了如指掌。这家伙在切萨皮克湾很有名,人们视他为神谕般的人物。好几位水手都告诉我,要想知道如何修理才能让船不触礁,就去找他。他很值得信任,也会忠实地做好修理(尽管收费不菲)。鉴于此,相对于其他人,我可能应该多听一些他的意见。

本来我只是请这位技工为"吉普赛月光"号完成一次每个季度例行的燃油和燃油过滤器的更换工作,但得知我的目的地后,他决定做一番更细致的检查。但检查的结果是,船上的引擎已经严重老化,状况之差令人绝望。他责备我,说这艘船连海湾都不该进(我去年一直都在海湾航行),更别说公海了。事实上,有些最急需修理的地方已经再也不可能修好了。我对他的评价半信半疑,准备再去听听专业咨询者的意见,但我很清楚引擎的状况,明白他的话是有道理的,即使我不愿意听。

船舱内靠近船尾的地方有几根强化玻璃做的支架,它们形成了一个长方形的平台。平台上面装有一台内柴油引擎,引擎的四个角被螺栓钉牢。推进器的转轴从引擎尾部伸出,通过一系列专门设计的配件伸到船体以外。这些配件既可以让转轴自由转动,又可以阻止海水进入船舱。由于推进器转轴必须以合适的角度安装在合适的位置,误差要严格控制,以保证干净利落地伸出船体,所以引擎也同样必须安放在恰当的高度和角度,位置必须对准。但是帆船引擎不同于汽车引擎,后者一直都处在相对固定的水平平面上,而海上的情况变化多端,船体摇摆不定,引擎也就跟着被上下左右抛来抛去。如果一艘船终其一生也就是在受保护的海域追着白云跑跑,给客人送送午饭,那它的引擎不会有太大压力。但"吉普赛月光"号不是这样的船,至少自从2003年我得到这艘船起,在它的生命里就没有这般悠闲景象。

那位技工告诉我,引擎已经偏离了原来的位置,推进器的螺旋桨轴也对不准了。这会造成船体的振动,最终会使所有的零件都松动下来,导致笨重的推进器转轴断裂。而且这根转轴早已经受损严重,到了不得不更换的地步了。更糟糕的是,浸润在海水、盐雾和南方海域的潮湿气候中30多年后,船尾发动机每根支架上的大螺钉和螺母都已经绣得一塌糊涂,以至于现在已经凝成了一坨无法动弹的锈铁块。若是想松动它们,就只会弄断支架,造成引擎机组不可挽回的结构性损伤。他告诉我,可以调整一下装在右舷的前进马达,他同意用这种方法试着修理一下,但条件是,我必须明白这样的尝试未必就能成功地将推进器的转轴校准。如果真是那样,他所做的一切就都是无用功。

技工在解释可能要进行的修理时,我听出他已不抱希望。同样冷淡的语调我还从照顾我母亲的医生口中听到过。他们为她做了手术,安装了一只心脏起搏器,但仅仅几天之后,她还是去世了。我们当然会同意装心脏起搏器,而这也当然是没法救她的,我们作为孝顺的儿女们也定然后悔,让她在生命的最后几天还忍受这样的烦恼和煎熬。尽管这位技工技术了得,但他犹豫了一下还是说出了我们共同的想法:经历了30年的风风雨雨后,再高明的修理都已是白费,终于到了让"吉普赛月光"号在靠家的、受保护的港口安享退休时光的时候了。

当然,我还是请他试着修理了一下。他也爽快地完成了这个过程,因为这是船工应该做的。他这个家族的好几代人都做修船的业务,用铁丝和火漆让旧船保持完整,以此来供养一家人。维修完成前,他又发现了很多其他小毛病,于是修理了其中一部分,这使得维修的工期延长到了5个多月。由于他的辛苦努力,我得到了一份长长的账单,数目可能都超过了整条船的价值,可就算让我付再多的钱,我也愿意。因为我不愿失去"吉普赛月光"号,不愿失去它在我生命中所代表的意义。

2009年8月,当我在玛格西河上遇见这个人的时候,"吉普赛月光"号还高昂着头骄傲地浮在码头旁边。当他尽其所能地改进修理过之后,船像以往任何时候一样做好了航行准备,并在接下来的两年内走完了2000英里的路，成就了本书的故事。随我一起站在驾驶舱里的时候，可以看出他最终也被我计划中的浪漫之旅所感染了。关于船上的引擎和电子装备，我所知道的他无一不知，但当他试着问我风向标的操作方法、风帆张开时船的航行特点以及我打算停靠哪些港口时，我能看见他眼中闪烁的梦想之光。驱动一个人开始航海的，不是风，不是柴油，也不是海水，而是想象力的引擎。现在，这台引擎正开足马力转动着，你几乎可以从周围的空气中感觉到它。真正重要的已不再是几个毫米、几度偏角或是几分机械推动力了，推动着"吉普赛月光"号向前的力远远不及刺激它内心的力量强大。而刺激它内心的，正是梦想。

两年多过去了，当我在多米尼加共和国普拉塔港的机场着陆时，这个梦想依然存在，那便是我计划独自航行到巴拿马。2012年1月6日，距离"吉普赛月光"号从特克斯和凯科斯群岛出发抵达科弗雷西已经过去近一年了。那次妻子苏珊随我同行，虽然有些晕船，但还是心甘情愿陪着我。与海洋世界码头签了一份一年的停船位租赁协议后，苏珊和我又坐飞机几次来到这座岛。我们以船为家，走遍了这个国家各个角落，从圣多明哥殖民区古老的鹅卵石大街，到拉斯特拉纳斯的法式小酒馆，再到喀巴里特时髦的海滨小屋。我们发现，这些地方既无比美丽，又充满悲伤，因为那里生活贫困，教育资源贫乏，小官小吏腐败严重，很多人都生活在社会的边缘。多米尼加共和国和加勒比地区的很多地方一样，高档度假区里服务员对游客们（主要是美国游客）总是满脸微笑，但这笑容大多虚假，其中隐藏着当地人灰暗绝望的现实。

在游览该岛的几个月时间中,我开始觉得追求这种昂贵而无意义的娱乐方式是一种丑陋的虚荣心在作祟。

如果我是个更高尚的人,或者只要再年轻几岁、幼稚一点,我的同情心可能就会驱使我做一些英雄般的举动,去提升当地岛民的生活,但我不是。年纪一大,对这些事情便有些厌倦了。无论遇到谁,不管是男是女,不管生活状况如何,我都尽力以平等和尊重相待。除此之外,我还对美国人的独特想法做了一番反思,因为我们总是坚持认为世界上的其他人都和我们过着一样的生活。

2012年1月,在科弗雷西的一个晚上,我就着啤酒和芝士汉堡,问隔壁船位的一位美国朋友,他和他妻子是否享受船上的生活。他们变卖了房产和大多数的资产,来这里已经快一年了。在我和苏珊回美国的那段时间里,他们帮了我们的大忙,定期开启"吉普赛月光"号的引擎,并在有一次险些遇上飓风时把船带进码头线以内。现在我准备开赴1000英里以外的巴拿马了,似乎这个时候可以问一些平时不好问的问题,关于我们从家里大老远地跑到这里来到底是要干什么。

多米尼加共和国的确是个风光秀丽的天堂之国,所以当我的美国朋友和他的妻子说他们在异国他乡的船上生活非常幸福时,我并不觉得很惊讶。相反,让我惊讶的是,我越来越觉得自己也开始享受这样的满足感了。从船坞到机场的路上所见到的脏乱和穷困依旧刺眼,相比之下,繁荣的船坞则更加扎眼和做作。我在此处依然是个陌生人,但我的朋友已将这里当作了家,即使会说当地语言的是我而不是他们。我很害怕，自己是不是终于成了一个丑陋的美国人，那种离开了度假车、分时度假酒店以及西方文明里其他种类的"逃生舱"就无法长期生存下去的生物。

对苏珊而言，前往科弗雷西的3天海上航程是一次有些不愉快的耐力比拼，而在船坞里的船上生活也没能给她一点小小的补偿。睡在船上，让她的背有些疼痛，睡眠时间也断断续续。尽管她是个运动健将，也愿意为了我去忍受这些不适，但随着时间的推移，我越来越不忍心让她这么做了。可是，那个激励我踏上这段旅程的环游世界的梦想依旧萦绕在我心头。一想到要放弃这个梦想，我就好像要经历一次精神的死亡，惊恐万分。

正如前一章（有意安排的终章）里所写到的，我在前进的方向上面临着两个选择：向西或向东。2012年1月的那个晚上，与我的美国朋友在科弗雷西喝啤酒时，我做出了决定，我要向西走。

我的计划很宏大，但不过分。第二天早晨我就出发，连续不间断地航行1000英里，穿过位于古巴和海地之间的向风海峡，在10天内抵达巴拿马。然后我将把船留在那里5个月，之后再回去穿过巴拿马运河，在太平洋上航行4300英里，在40天内抵达马库萨斯群岛。如果时间允许，我会继续环游世界，用最快的速度航行最多的距离。如果我的计划足够精细，我想我只需每年航行两个月时间，就可以完成一次环球旅行。即使在最坏的情况下，我也可以在南太平洋的某个遥远的地点插上我的旗帜，然后体面地宣布旅程结束。

苏珊没有计划和我一起航行，我也不想让她再遭这份罪。但是她理解我对航行的渴望，发誓会耐心地等我完成每段旅程后归来。这，就是我们的计划。

第二天早上醒来时，科弗雷西的天空乌云密布，还下着毛毛细雨。不过好消息是，天气预报说11节风会持续刮一段时间，海浪也会保持在1~2英尺高。预计到了海地与牙买加交界处，风速会降到不到5节，海面也会变得几乎波澜不惊。我担心的是，在那段路上仅仅为了保持前进，我要用掉多少燃料。不过由于几乎想象不到的原因，我的顾虑变得多余了。1月7日的早晨，我出发了。

我的第一次出发没能成功，就跟两年前在蒲福那个大雨倾盆的感恩节前夜一样。我无意中与多米尼加的海军和移民部门发生了一点小冲突，他们质疑我乘坐着一艘旧帆船，在5节的风速中突然未经宣布地离港前往巴拿马是要干什么，很显然这种行为像极了危险的毒品贩子。刚从科弗雷西向西航行了一个小时，正径直朝向风海峡走时，我突然被一艘载有5名持枪警卫的摩托艇控制了。他们用西班牙语叫喊着，告诉我有一张表格没有填。一名警卫上了我的船，领着我开回了船坞里原来使用的停船位。接下来的一个小时，他们以"检查"为名将我船上的每一个角落彻彻底底搜了一遍。要是我那天找个理由不出发，那就没这档子事了。现在我只好将船规规整整地带回停船位，再次向我的美国朋友告别后，补交了之前一时糊涂未交纳的20美元离境税，这才被允许离境。

再次出发后的第一天，在上午以及下午的大部分时间里，风不是小，而是根本没有风。两面风帆都绵软无力，随意地拍打着绳索。海浪从东北方翻滚而来，轻轻地左右晃动着小船。我在风向标上装上了一个大型的叶片，以使它更加轻盈，对微风更加敏感。可就算如此，还是没有足够的风推动船前进。穿梭于伊斯帕尼奥拉岛山川之间的锋面系统似乎被挡住了前进的方向，停在原地不动了。一场雾雨过后，什么都没动弹。我不愿意使用引擎，因为我知道尽管油箱是满的，船上还放了四罐备用柴油，但要一路开着引擎走到巴拿马，这些燃料还不够。我需要尽量多地使用风帆，但也同样需要走动起来。看看我的手表，想想11天内走11英里的计划，我还是启动了引擎，将电子自驾装置设置到314度。引擎发出了令人放心的微微颤动声，"吉普赛月光"号在顺浪海中达到了6节的速度。

那天下午有好几次，当带着泡沫的小浪花短暂地涌来时，我都停下引擎，升起风帆，结果却失去了速度，风息之后便停滞不前了。直到当天晚些时候，才开始有稳定的风从东偏北方向吹过来。风一起，控制方向的风帆立马咯噔一声开始工作了。我再次惊叹，这套装置能自动让船保持航向，省了我多少力气，尽管顺浪海不稳定的水流一直跟方向舵唱反调。我决定，在未来不久的某一天，我要给自驾装置的制造商写一封热情洋溢的信，告诉他们这套精巧绝伦的设备为我省下了多少小时、多少天、多少周的辛苦努力。我知道，到时候这套设备掌舵的可不是一小时或一天，而是40天。航行4000英里，横跨太平洋，它会出色地完成任务的。但我也感觉到了，就在那一刻，也许是我人生中的第一次，我不希望那个时候来临了。

眼前是一片汪洋，一片我熟知的海面，我总是如此向往着它。看着它，我心中产生了一种新的孤独和更深的渴望，超过了先前我在海上所遇见过的。我非常想念苏珊，虽然我俩分开的次数不多，但每次都会十分想念她。然而，这一次还不止这些。为什么直到旅程开始两天后我才看到想到这一点呢？

我们每个人都患有不同程度的失明和失聪，感知不到我们身边最明显、最迫切的现实。如果我比过去大部分时候更加看不清，听不明了，它就会给我带来一些后果。当我在严冬的早晨写下这些文字，从自家二楼苏珊为我搭建的小办公室的窗户向外看去，我总算可以稍微把眼睛擦亮一点了。笼罩了30年之久的迷雾开始散去，我心中长久以来的谜团正慢慢变得清晰可见了。

几乎打我记事以来，航海就一直是我的心中挚爱，而且这份爱历久弥新。海风将无形之力施加在帆布上，船体随之升起、前行。在我的心中，这就是一个神奇的过程，也是我人生的一大乐趣。我强烈推荐大家去尝试一下。不过这些年来，不顾归途的长距离航海对我来说更像是一种逃避，而不是探险——那是在婚姻和个人职业生活不稳定的地板下藏着的一扇板门。曾经多少次，这样的生活都走到了崩溃的边缘。无论即将发生什么样的真实的或是想象的"最坏情况"，我都相信，只要有一艘船在某个地方等待着我，让我可以逃离到茫茫的大海上，我就决不会输。然而这样的自我保护会阻碍我们的成长，只有当我们让自己完全暴露在人生的各种悲欢离合中，并去接受它们的时候，我们才能真正长大。没有应急出口，我们便不得不直面人生，承认我们的弱点，依赖我们的人脉，相信别人会在我们跌倒时扶我们一把。简而言之，无论是好是坏，我们必须走进社会，将自己完完全全地融入其中。这是件好事，因为人类本来就是群居动物。

不知不觉地，大海的召唤对我来说慢慢失去了吸引力，随着旅程的进行，我沿途遇见的人和事将我的绝望情绪打消殆尽，增强了我的社会意识。的确，我曾经深爱着航海。但是，就像随着小孩的长大，一直保护着他不被妖怪欺负的泰迪熊渐渐不再那么重要了一样，我也不再那么畏惧未知的事物了，我变得更加愿意相信自己和身边的人。可是我，一个神智健全的人，还是踏上了这段最后的旅程，计划独自一人去遥远的地方探险，远离一切我所认识和爱着的人和物。这到底是为了什么呢？

说实话，我也不知道为什么。也许我真的需要在一片空旷的海洋上，在它那精神与实体的黑暗中，为我自己去直面现实了。这个现实就是，离开一位我真心深爱着的女人，去追寻一次将我们分隔几千英里、让我们数月不得相见的旅程，这到底有什么意义？我知道刚刚开始的这段航行会是如此，甚至在出发之前就知道了。但是直到那一刻我才明白，在我的内心深处，它已经不再是我的梦想了，也许从来都不是。这辈子第一次，我不惧怕说出这样的话。海地西北、古巴东北的海上某处，一个新的计划诞生了，我要改变航向。

我决定要和"吉普赛月光"号进行最后一次伟大的航行——与我不久之前的想法不同，这次不是向西，也不是向东，而是向北，航行600英里到迈阿密。接下来的一周内，我会稳稳当当地沿古巴海岸线航行，然后向北前往佛罗里达群岛和比斯坎湾。一旦抵达那里，我就会找一处船坞，安排将船拖运到北卡罗来纳。在那里有一处夏令营，管理者们曾经想要一艘可以航海的帆船来训练年轻的水手。这样一来，他们的梦想便终于可以实现了。而苏珊和我会去找一艘小船，做一些简短的航行，这既能让我过过航海的瘾，也不会让她忍受公海上的晕船之苦。这是我的新计划，不过这个计划将再次成为天使们的笑料。

海上的第二天上午，月亮落下，只剩蓝天白云，我用卫星电话试着联系了苏珊几次，想告诉她我改变了主意。但卫星信号在这片海上弱得有些反常，过去一天都是这样，偶尔能有足够强的信号可以打个电话。最终在早上9点，我拨通了苏珊的电话。

我们的声音随着信号进进出出，很难有机会说一长段话，于是我直截了当地把我认为她最需要听的话讲了出来。"我准备去迈阿密，不去巴拿马了。"我大声喊道。通过船上的 GPS 系统，她可以在网上即时跟踪我所处的位置。因为船没有向南走，所以我不想让她担心是不是船上没有人了。通过她断断续续的声音，我听到了她问我为什么。"因为我太想念你了，"我说，"我不再觉得这是件有趣的事了。它已经不再是我的梦想，不是我想要做的事了。"说完电话就没了信号。

第一天的下午和晚上，还有第二天一整天，风向标都在站岗，直到"吉普赛月光"号来到向风海峡的峡口。那是一片位于希斯帕尼奥拉岛、古巴岛和大伊纳瓜岛之间的、人迹罕至的空寂之海。这段时间内，我要么醒着躺在船舱中，要么在晚上每次睡

90分钟后起身，检查月光下的天际线上有没有船的踪迹。第一天晚上，我有一次看到了北边很远的地方可能是一艘游轮发出的光，除此之外这两天里就没看见过别的船。

给苏珊打完电话后，天气开始有了变化。理性过了头，就会是件危险的事，往往预示着灾难的到来。我找了一些理由，来解释为什么当风速超过天气预报时我没有警觉地采取措施。我告诉自己，临时的逆温效应是导致天气异动的罪魁祸首，去年的这个时候，贝里群岛旁边的海上就是如此。我告诉自己，到日落时分风就会停息，船也不会有这么大动静了。若不是急于证明这个假设是正确的，我可能会想到，我现在所处的位置与去年不同，不是大巴哈马岛以南、贝里群岛以北。现在北面只有3000英里的公海，没有能制造局部逆温效应的陆地。天气正在变化，而且越变越糟糕，可我却还是不愿意相信这一点。

让我的理智更加模糊不清的是我所处的风向。当时我不是逆着风浪蹒跚向前，而是正在顺风航行。相比于同样天气里舒适的逆风行驶或横风行驶，处于顺风面时，随着风速的提升，船可以在更长的时间内使用更多面风帆。所以即使风速超过了20节，我还是没把它当回事。当时，我的逻辑思维就像着了魔，根本想不到要在顺风面收帆或换帆。考虑到那天我固执地认为风的加快和浪的升高都只是暂时的，这么做倒还真是对的。我以为有可能我很快又要在海上的轻风中浪费时间了，那样的话，我的前进速度就会很慢，只能眼巴巴地指望船上的柴油机了。

到了下午3点钟左右，我的一厢情愿使我陷入了窘境。风速起来了，但海面状况的恶化似乎与风速的提升并不成比例。每阵浪头打过，船都很不舒服地摇摆着。风向标上巨大的轻风叶片正狂野地抽动着，它使得风向标偏离了航向。而我呢，每过10分钟就得爬回驾驶舱一次，把风向标调回到正确的方向，以使小船不至于被风吹跑。这样爬来爬去的过程中，突然有一阵大浪从船底经过，船舱里的我一下失去了平衡，刚站起身来便被狠狠地摔在左舷，就好像有一个块头比我大两倍的男人在跟我打架，他要我好好坐回原来的地方。我的后脑勺重重地撞在了柚木制的船舱顶棚——这下撞得不轻，不过我自己居然还能保持清醒，也没怎么受伤，这比撞击本身更让我惊讶。我摸了摸后脑勺，看有没有出血，结果只摸到一个大包。接着我休息了一下，确保自己不会晕厥过去。我在心里默默记住了，我肯定比我最严厉的批评者所说的还要"头脑顽固"得多，感谢上帝。

虽然这次航行遇到了大风大浪，叫我狼狈不堪，但就在这样的情况之下，我还是很高兴地看到"吉普赛月光"号保持了稳定的7节速度，时不时地还能冲到8、9节的速度。我们就像是拖着货物奔跑的小毛驴，照着这个速度走下去，我想我可能在6天之内抵达迈阿密。

然而风浪依旧没有消减，还在慢慢增强。很明显，几个小时前我就应该把帆撤下来。没过多久，鉴于船体的摇摆不定，我决定除非万不得已，还是不要跑到前面的甲板上去了。为了减少主帆吃风的面积，我在安全的驾驶舱内把它又往下松了松，直到它变得笨重得可怜。这招很奏效，船走得稳当了，不过也让几乎被主帆完全遮住的船头的三角帆摆动得很厉害。我可以听到三角帆像风暴中的一面破旗一样拍打着。不过我相信，在风速降到可以改变航道前，它还是可以承受几小时这样的虐待的。到了那个时候，两面风帆又都可以派上用场了。可是，我的自信又成了一厢情愿。

从科弗雷西出发两天，走了191英里后，我正在驾驶舱里半睡半醒，突然听到甲板上发出了一阵不同寻常的巨响。我从船舱探出头来，看到下风方向的三角帆耷拉下来了。我出去一探究竟，发现三角帆上的传动滑轮悬荡在护舷条下，不断撞击着船体。这个传动滑轮本来是应该被绳子拉紧竖着的，就像给风帆套上缆绳一样。三角帆也降到了半旗位置，像是一只从脚踝上滑落下来的破袜子。我跑上前去，抬头一看，发现三角帆的吊索已经从桅杆的顶部滑落，这使得帆松松垮垮地拖到前甲板上。我没法将吊索恢复到原来位置，所以在到港维修之前，也就没法把船头的帆升起来。失去了三角帆，我便不能顺利地到达所处位置下风处的港口或其他地点了。

那天我始终没有提前把帆降下来，到底是懒呢，还是一厢情愿呢，不得而知。船头帆因为我的疏忽而掉落下来，现在我不得不去把它捡起。我套上安全带，用千斤绳将自己绑住，蜷伏地向前爬去，绳子另一端系在船体较高的地方，可以前后滑动。船的升降感是那么的熟悉，在恶劣的天气条件中行走于甲板之上其实并没有想象中的那么困难，况且有很多手可以扶着的地方。

来到船头后，我把背靠在前甲板的锚柜后方，双脚抵住船头左右两边的防浪板。三角帆依然在前桅支索的半中腰处悬荡，一个劲儿地摆动着。我一把一把将它拽下的时候，一大半的帆布从下风处的栏杆上滑过，产生了降落伞效应。这样一来我便什么都做不了了，只能放开手。风帆还连在船上，但连接它的只剩两根落在水里的绳索了。船边的波涛下，漂浮着的风帆和绳索就像落水的人，紧紧缠住了破损的传动装置，一边被拉扯，一边被淹没。那一刻，我想起了当年在安纳波利斯支付给一个知名造船者的高价，目的就是为了将三角帆用手工缝制好。我给他的工钱是给九龙某家折扣店里不知名缝纫工的两倍，因为我明白，这面三角帆在近海航行时将会发挥关键作用。我想要的是一面坚韧到可以挡子弹的风帆，我需要制帆人看着我的眼睛说出他的保证。可这一切现在看起来都不重要了。

望着这面风帆沉入海里时，我发现帆的边缘已经伤痕累累。不断的风吹日晒也让它的中间撕开了一道两英尺长的口子。在这场考验中，这面风帆跟我一样遭了罪。我想起了衣服口袋里的绳索刀，考虑了一下是否应该干脆把它全部割断，任其漂流，但有件事阻止了我这么做。它击碎了我的绝望，也让我有些措手不及。我想到帆还是可以修好的，还是值得留下的，就跟我的船一样。从驾驶舱里的一个座位上，我松下了连接风帆和三角帆绳索的一个单套结，开始用双手把湿漉漉的帆一把一把往回拖，好像那是一张格洛斯特渔民使用的渔网一般。这是个漫长而又乏味的过程，接下来把破破烂烂的三角帆卷进帆布袋的过程也同样漫长乏味。不过最终，拯救三角帆的行动圆满完成了。这段时间内，

"吉普赛月光"号仅靠主帆继续向古巴前进着，速度略有下降，但还是朝着危险的地方直冲了过去。

我距离迈阿密的600英里中，有400英里要穿过老巴哈马海峡。那是一条海上的单行道，南面和西面是古巴荒凉的海滩，东面和北面是巴哈马群岛不可逾越的沙坪。岸边有的地方，海水的深度能从上千英尺急剧下降到2、3英尺，这对所有来到这里的船只都构成了搁浅的危险。我没有足够的燃料一路开到迈阿密，也没有有效的办法去顶风行驶，如果保持现在的航向，很快我就会经过一个不归之点，走过它我便无法驶入古巴以外任何安全的港口了。不过眼下，向风海峡的大门依然对我敞开，就在我的南面。我还没到古巴领海，还可以安全地顺风行驶去寻找一座维修港——如果能找到的话。后来我发现，在世界的这个角落，这还真是个问题。

我所处的位置向南300英里以内只有一座可抵达的港口，那就是太子港，一座破碎的、霍乱蔓延的城市。两年前的一场地震毁灭了海地，难民、强奸和暴力随之而来。图册里的内容虽然都是地震前写的，但也强烈建议不要在海地登陆，因为当地犯罪现象猖獗，设施也很差。而且，太子港也与我刚刚决定的新目的地相去甚远。作为一艘满载货物蹒跚而行的帆船的船长，我需要的是一套新的索具以完成返回美国的游览航行。可以想象，如果登陆海地，会有什么样的恶意在等待着我，所以我需要一个更好的选择。

以我现有的燃油量，我完全可以抵达北面的大伊纳瓜岛，可是图册又警告说，这座岛周围都是危险的珊瑚礁。书上只给出了一个开敞的可以下锚的地方，不刮正东风还前往不了。但那里既没有船坞，也没有修船厂，只有一座深受强潮水影响、不欢迎船只逗留的国营码头。开到那里可能要花上几天时间，还得顶着东北风和海浪走。同样的道理，登陆特克斯和凯科斯群岛的想法也是不可行的。

我的挫败感越来越强，于是决定向东转，放弃从科弗雷西出发后两天的艰苦航行所走的路程。我想，只要回头，我至少还是可以找到一座安全的、适于航行的港口的，能好好想想接下来的路该怎么走。掉转船头朝向新的方向时，由于精神已越发的疲惫，我并没有跑去放下风帆，结果它像风中的啪啪作响的芦苇般，在甲板上扫过，又猛地停了下来。

两天内第一次向东行驶，"吉普赛月光"号船头昂起，不情愿地迎接着汹涌而来的信风和海浪。我开足了马力，但还是寸步难移。刚刚下决心要回到开始的地方，我便发现不管我喜欢还是不喜欢，我都得去一个怎么也想象不到的地方了。

我的目光再次投向了海地。水手们一般更了解北海岸的海地角，但它在东边，距离太远，从我的位置要走75英里逆风逆水的路。与之相比，我距离太子港就更远了，足足有175英里，但是它就在我的正南方，只要顺风走就行了，浪花也会在后面助推我前进。让霍乱和犯罪见鬼去吧，我现在不得不去那个地方了。只要一切顺利，不到12个小时我就能来到海地西北角的背风处。但愿到了那里风浪会平息一些，好让我走完剩下的约100英里，顺利抵达太子港。我想，若是把"吉普赛月光"号作为礼物送给当地某个贫苦的渔民家庭，肯定会比送给北卡罗来纳海边参加夏令营的乖乖小孩们更有价值。

这个时候，天色已经渐渐晚了。我十分疲倦，浑身散了架似的。巨浪从左后方翻滚而来，我感觉要保持船体的平衡都很吃力。过去一小时内经历了多次抢风行驶和掉头后，位于船两侧的风向标控制绳不知为何滑到了驾驶盘以外，成了乱糟糟的一团。左舷的控制绳本应沿逆时针方向绕在导向轮上（还是顺时针？），右舷的控制绳则是沿相反的方向，它们应该穿过左边舱口栏板上摆放着的两只滑轮，然后向后一直连到艉板的方向舵上。重新理清驾驶控制绳和重置风向标的工作看似很简单，但我尝试了一次又一次，还是没能把这套自驾装备恢复到正常的工作状态。我不知道哪里出了错，还感到了一阵眩晕。这是我在近20年的近海航行中第一次晕船，我感觉我的决心发生了动摇。我想，在其他领域胜任其职的人，在不断恶化的环境和生理心理的双重疲惫下，都肯定会失去解决简单问题的能力，变得错误连篇。我感到一阵奇怪的虚弱感，开始对自己失去信心。我听说过关于久经沙场的登山者的故事，他们遇到险情后失去了判断力，被活活地冻死在山上，而后来人们发现他们的尸体距离安全的地方仅有几码远。如果这就是死亡谷，我想，肯定善良和仁慈那个时候是没法跟在我身后的。

让自驾系统见鬼去吧，我最终决定了。要开动引擎前往太子港，船上的燃油绰绰有余。尽管顺风航行节约时间，但使用引擎可以在晚上缓慢靠近海岸、穿过无序的水上交通时，让电池一直保持加满状态，让电子自动驾驶仪呼呼直叫，让夜航灯明亮地开着。我卸下了套在自己身上的护具和绳索，手里抓着风帆索具，一步一步走上前去，准备把主帆降下来。这会跟牛仔竞技一样刺激，我心里明白。

主帆倒是服服帖帖地落到了甲板上，但是要在这种情况下将它固定在张帆杆上，就跟套牛犊的比赛一般惊险了，而且要套的还是头块头又大脾气又差的小牛。我的任务是用一只手将207平方英尺飞舞着的主帆收成手风琴的褶皱一样，系牢在张帆杆的顶部，同时用另一只胳膊死死按住张帆杆，因为每阵浪花涌过船时，都会有6～10英尺的上下左右摆动。能在这种天气条件下征服主帆，让自信心又回到了我身边，我带着重新坚定的决心回到了驾驶舱。虽然身体很不舒服，又疲惫不堪，但我终于找到了可以一直走下去的方向，也想出了一个貌似可以成功将我和船带到安全地带的计划。然而，刹那间，一切又发生了改变。

我记得当时并没有看见那道浪。要估算浪花这种东西的尺寸是很难的，但那天下午我所见到的较大的浪可以将站在甲板上的我完全淹没。要知道，船的甲板已经是处在水面以上3英尺的地方了。这些浪花我得说大多都有10英尺高，虽然还不至于阻碍航行，但如果你待在一条32英尺长的船上，就足够让你难受了。从远处看，它们比天气预报员说的还要大，即使是小一点的浪，也有6英尺左右高。不过，无论是什么样的天气，总会时不时地有不规则的浪花涌来。我说的可不是什么天谴或好莱坞式的传奇，有些浪花就是碰巧比一般的大，任何在海滩边等待浪花玩冲浪板的小孩都会这么告诉你。我晚上守夜时也能认出这样打过的浪头。一连几个小时，船都保持着熟悉的节奏，直到突然间，一阵波涛涌来，船上的碟子和杯子都从架子上跳了起来，像导弹一样飞向下风处。这阵浪来得快，去得也快，我只能将散落的餐具放回到隐藏的地方，让它们在之后的数小时、数天内平安地度过。

这道浪与众不同，尽管我说不出到底有多大不同，因为它是从后面撞上来的。我都不敢去猜测它的尺寸。无论给我何种认证证书，作为一个爱尔兰后裔的我都会用各种浮夸的辞藻来形容其强劲和凶残。我只能告诉你，当时我正面朝前方站在舱梯上，忽然感到我这艘11700磅的船被凌空举起，又甩到一边，跟小孩在浴缸里拿起一件玩具似的。接下来的短暂瞬间，整艘船从半空落下，如同从高楼上跳下一般。随后便是一阵巨响，船的一侧重重地落在海面的波谷里，紧接着的是一片不自然的寂静。

我深知，柴油引擎的命硬得很，因为这么多年的瞎折腾都没能搞垮它。曲轴箱空置、海水进水口堵塞、燃油过滤器污损还有不稳定的交流发电机，我已经把它逼到了生死边缘。面对这般蹂躏，柴油机终会屈服——它不会一下子垮掉，而是会慢慢倒下。它的气流量会逐渐降低，直到苟延残喘，像一位老去的职业拳击手一样。然而这一天，在古巴和海地之间海上的某个地方，一阵看不见的巨浪袭过后，"吉普赛月光"号的引擎像被大锤猛击过的人一样一命呜呼了，连个喘气咳嗽、轰隆噼啪的声响都没有。有的只是发动机室里传来的一阵撞击声，然后便什么声音和动作都没有了。我猛然意识到，这次的损伤非常严重，几无治愈的可能。

"吉普赛月光"号的引擎倒是没有"耗尽"什么，它还有足够的燃料、润滑油和冷却水。它强大的转动力被一个无法搬动的物体突然生生阻住了。现在的状况不允许我跑去清空船舱里的小储藏室，将身子探到船底去仔细检查引擎下方的狭小空间。不过这已经没有关系了，因为我知道，刚刚所发生的一切正是玛格西河上那位值得信赖的技工告诉我可能会发生的。

按照人类的天性，在这种时候总会抱有一丝希望。于是我爬进驾驶舱，按下了点火开关，小心翼翼地想让引擎重新振作起来。启动器用一阵轻微的电鸣声回应了我，然后便没了声响，我就知道肯定会这样。我被困在了海上，没有船头帆，也没有引擎，除了顺风跑之外没有其他任何航行能力，而且从现在所处的位置朝顺风方向走300英里都没有一座可用的维修港。

因为失去了动力，船开始在海浪中剧烈地摆动，我有了强烈的晕船症状。跑到厨房水槽边一顿狂吐之后，恶心的感觉暂时得到了舒缓，但接下来却是痛苦的干呕。我没想到的是，连8个小时之前喝下去的菠萝汁都被我生生地吐出来了。

对于事故的原因，我最多也只能做一番猜测了。我估计在撞击中，侧翻的引擎动力切断或扭曲了船尾的发动机支架。引擎是通过转动来进行工作的，要想这么突然地使引擎停下来，只有阻止它的转动了。这意味着，在撞击中推进器的旋转轴从侧面卡在了船体上，而要做到这一点，引擎的位置一定发生了移动。移动了位置的引擎就是只破损的引擎，而此时此地在"吉普赛月光"

号上,破损的引擎就是一堆废铜烂铁。多年的游艇使用让我有了一种直觉,那就是发生什么样的情况会花费一大笔钱。此次事故就是这样的情况之一。我的皇家马车顷刻间变成了一只破南瓜,那位技工好心的警告浮现在我的脑海中,就像仙女教母的忠告一般,而我却把它当作了耳边风。"吉普赛月光"号现在就是一块漂浮的残骸,而我成了一个需要救援的人。

自1987年以来,我在几艘航海的船中都装了一台紧急无线电示位标(EPIRB)。24年里,我没有开启过一次,但那天我使用了它。

如果我记得没错的话,EPIRB系统会向卫星发出一个信号,指示我的船只名称和所处位置的坐标。这颗卫星是由美国东海岸某处的一个搜救中心控制的。在那里,海岸警卫队会先不慌不忙地认定我的信号是不是真实的,因为他们每天都会收到很多虚假和恶作剧的信号。EPIRB系统上,明晃晃的闪光灯告诉我它正在运行。在昏暗的船舱里,系统曾一度报告有一艘救护艇已经到达了这里。为了能让仪器伸到驾驶舱里,我爬到舱梯一半的位置,用放那面破三角帆的大袋子将无线电装置塞在固定的位置上摆正,这样天线就能把清晰的信号传输到夜空中了。

在几分钟时间内,我只能在一片漆黑中等待救援。最后一次检查我所处的位置时,我距离陆地还有70多英里远,这就远远超出了超高频无线电所能及的范围,再加上两天内都没见到另一艘船,所以我想也就没有必要进行无线电呼叫了。不过,为了履行正确的航海程序,我决定进行一次"Pan Pan"呼叫,以确认附近是否有救援。"Pan Pan"呼叫是一种无线电紧急呼叫术语,其紧急程度仅次于最高级别的"Mayday"呼叫,用来在紧急但没有生命危险的情况下进行呼救。

"Pan Pan,Pan Pan,Pan Pan,这里是'吉普赛月光'号帆船。"我开始了我的广播。我将我的情况告诉了看不见的听众,包括三角帆吊索的失去、弄坏我引擎的那次撞击,还有我只能顺风航行的窘境。不过我猜,可能说了半天只有我自己能听到。前进路线上只有牙买加和南美洲了,它们分别距离我约300英里和600英里远。

让我惊讶的,不,应该说让我震惊的是,一艘悬挂英国国旗的货船"至尊赫尔辛基"号收到了我的信号,它的船长用浓重的东欧口音回复了我,告诉我他已经开始向我所处的位置进发了。他距离我8英里,我把头伸到驾驶舱中,仔细检查了一下夜空下的天际线,但什么都没看见,甚至一丝灯光都没有。他问我需要什么样的帮助,我说我想请他将我的船拖行到一座维修港。沉默良久后,船长在无线电上用一种我几乎不应得到的古典的礼貌口吻回复我说,他的船是艘"大船",无法进行拖船。他救得了我,救不了我的船。

几乎与此同时,一艘自称为美国战舰913号的船上传来一个年轻美国人的声音,他向我打招呼,询问我所处位置的坐标。可是,他也只能提供救援,不能将我的船拖到维修港。一番简单的情况说明之后,他直截了当地问我,是否同意放弃这艘船。他的问题让我哑口无言,因为除了沉没或着火以外,我还从未听说过其他弃船的理由。但这位长官的要求却使我明白了当时所面对的残酷现实。

我现在距离美国领海还有600英里，船只已经严重受损，漂浮在两个第三世界国家之间的海域，它们当中没有一个可以提供船坞设施或维修点。现在的情况可不是周末下午的佛罗里达，那里的拖船操作者会呼叫我，为我安排返回比斯坎湾船坞的航程。看来，这次我是真的陷入大麻烦中了。我再次狠狠地呕吐了一阵，吐的时候赶紧把无线电关上了。

是时候评估一下我的处境了。我这艘老船已经服役30多年了（确切地说是33年），每一处左舷灯和甲板装备都像筛子般在漏水。经济景气的时候，她可能还能值10000美元。但现在，她所受的损伤维修费用可能已经超过了本身的价值。就算它还能被修好，我所处位置方圆300英里以内也没有足够好的维修设施。这艘船没有买保险，由于其船龄、状况以及要航行的距离之远，也没有保险公司愿意给它保险。我已经没有心情和状态再去航行300英里到牙买加了，本来我还计划到那里去做一些善事，但很快这艘船就将失去所有电源、灯光和动力，可用的帆也只剩一面。我考虑了一下，即使不算在牙买加更换一次引擎要费多少周折，要让这艘船全身离开现在的窘境所要花费的仓储、维修和翻新费用也高得要命。美元的标志开始在我脑中打转，像是在看一场关于金钱的恐怖片。

所处范围内的两艘船都在收听我的无线电广播。我回复他们说，我同意"放弃这艘船"了。这句话在航海史上有着特殊的意义,早在1813年,詹姆斯·劳伦斯船长就在美国"切萨皮克"号护卫舰上说出过这样的话,只不过在那之前他还说了一个"不要"。历史告诉我们,即使是劳伦斯船长这样的人物,也应该被迫放弃他的船。所以天呐,我看来是难逃此劫了。如果我说当时我是极不情愿这么做的话,我肯定是在撒谎。

"至尊赫尔辛基"号要前往的是远在加勒比地区东部的圣卢西亚岛,而且接下来的两天都不会停港。而美国战舰913号则计划第二天在古巴关塔那摩海军基地停靠,在那里我可以乘飞机去迈阿密。所以,我选择跟着美国佬走了。

"至尊赫尔辛基"号还是朝我这边开来了,而且还是先到的,即使如此我还是没有请求他们实施援救。为了体现公海上通用的海员规则,即礼貌、善心和友好关怀,"至尊赫尔辛基"号停留在我所处的位置,直到救援队已经确定来到了附近,它才慢慢地开走。我向船长表达了由衷的感谢,目送这艘巨型油轮消失在夜空之中,想象如果选择这艘船的话,我可以和它的船员们在前往圣卢西亚的两天航行中经历怎样的精彩旅程。

美国战舰913号上的长官给我发出了温和的警报,告诉我当救援队的黑船突然之间不知从何处出现时不要感到惊慌。他们在执行对敌夜间行动时,会特意将装备熄火,以达到突然袭击的目的。穿着正式的救援队终于到了,而这时海水也已经开始涨潮了。距离我还有几码远时,艇长用令人惊讶的严肃语气大声问我:"先生,您准备好放弃这条船了吗?"

这个问题又问到了我头上。我犹豫了一下,说是的。至于为何会犹豫，我不知道。悲伤和悔恨直到那一刻才完全占据了我的心。我明明是可以采取一些措施来避免这份最后通牒的，我也应该那么去做。然而，我却一错再错，最终沦落到这般地步。"我愿用我的王国来换一根三角帆吊索"，我想。也许，如果我依然像多年以来计划的那样，想要带着"吉普赛月光"号周游世界，远离一切我所珍视的东西，那我应该会去采取措施的，这样一来就不会发生这些错误了，就不会把我带到现在这个可怜的境地了。可是，木已成舟，追悔莫及，是离开的时候了。

在那之前，救援者们告诉我，他们原本计划在"吉普赛月光"号上装上闪光灯和雷达反射器，并在船体上喷涂上"USCG OK"的巨大橙色字样，以告知其他船只不要作无效的海难报告。但是当救援船队抵达的时候，鉴于当时的海面状况，这些计划都被取消了。他们给我递来的只是一件橙色的救生服，以及一只仅能维持9个小时光亮的闪光灯，用来悬挂在船尾的栏杆上。接下来要做的就是登上救援船了，事实证明，这不是件容易的事。

我坐在左舷的护舷条上，双手紧紧握住救生索和狂野摇摆着的张帆杆，试图看清浪花抬起两艘船的节奏，因为它们现在就像是在跷跷板的两端一样，一上一下。而且，"吉普赛月光"号还在大幅地摇晃着。

我对这艘小救援船上的三位小伙和一位姑娘充满敬意，他们一直坚守岗位，直到把我和所能带上的一点行李拉上船。从他们那里我得知，美国战舰913号其实是美国海岸警卫队的一艘名为"莫霍克"号的巡逻船。船名清楚地刷在了船体上，但为了安全考虑,在电台里隐藏了真名。我被带到艇上,然后跟着救生艇和船上的其他人一起被升上了巡逻船。这次升船又是困难重重,因为这艘278英尺长的巡逻船在波涛汹涌的海面上也摇摆得很厉害。"吉普赛月光"号在向风海峡里随波漂流而去,如果没有提前被海岸警卫队当作打靶的目标击沉的话,有一天它会撞上南美洲。那天晚上,当我从救生艇上最后一次回头向它望去,向它说再见时,我被它傲立于大海上的英姿震惊了。它高昂着头,像个骄傲的勇士漂向远方,惊艳得令人心醉。这一刻,它在我心中成为永恒。

登上"莫霍克"号后,我受到了船长热情的问候,并被立即带到医务兵那里检查身体。医务兵注意到了我后脑勺的肿块,不过得知我从没失去知觉并且感觉良好时,他松了口气。他们让我在船员餐厅点了些吃的,我还跟一群优秀的年轻人一起谈笑风生。他们是如此亲切友好,你也一定很想见见这些人。我被安排住在一名高级海军士官的豪华营房里,还洗了个热水澡。接下来的一天,在前往关塔那摩的航行中,我大部分时间都是在船桥里跟初级士官和船工们聊天,从他们那里我见识到了海岸警卫队的年轻小伙子和姑娘们是如何尽忠职守保卫祖国和人民的。前文提到1976年我哥哥的帆船桅杆断裂的事情,这里我要收回当中所说的轻视海岸警卫队的话。我甚至要说,最近发生的这件事故恰恰表明,我这一辈子给海岸警卫队添了多少负担和麻烦。尽管如此,看到这些执勤的年轻人时,我还是感到一股爱国之情和自豪感涌上心头,我要向他们脱帽致敬。

第二天,"莫霍克"号上的一名船员告诉我说,实施救援的时候,他从船桥往下望,看到每阵浪头打过后,我的船摇摆得如此剧烈,连船底都露出了水面。他估计当时海上每隔一段时间就会涌起8～10英尺高的波浪,有些甚至更高。"我不得不佩服你啊,"他说,"因为你在无线电上说话的时候还是那么镇定。如果我在那种天气条件下一个人待在没有引擎的船上,我肯定早就崩溃了。"

我其实不应该得到这样的赞美。说实话,包括那天晚上在内,这么多年来我驾驶"吉普赛月光"号从来没有经历过什么真正的险情。向风海峡中,我们在一起的最后时光里,它在遭到一阵巨浪的背后突袭后,奋勇起身反抗,保护着我直到最后。而最终,是我从战斗中逃离了。这位年轻人的话给了我一丝慰藉,但暖心的同时又有些痛心。

好了,现在你们听完这个故事了。如今的我成了个旱鸭子,四处寻找和加入桥牌俱乐部和园艺小组。(如果你一直读到了这里,你会意识到刚才那句话中的弥天大谎。其实,此刻我正在积极联系马萨诸塞州威尔汉姆的一家造船厂,想请他们为我建造一艘12英尺长、有斜桁帆的木制独桅艇,我准备将它命名为"光辉荣耀"号。它不会用来跨越海洋,但它也一定会有故事讲的,记住我的话吧。)

也许,"吉普赛月光"号现在还在海上的某个地方,还在继续环游世界。如果幸运的话,说不定它能自己绕过合恩角。我不会叫它放弃希望的,但我自己必须翻过这一页了。对一个人来说,了解自己心里真正想要的是什么,是非常重要的。尽管我走了2000英里的路,花了两年的时间才弄明白这一点,但还好,我现在已经意识到了，我最宝贵的东西是在家中，与我深爱的女人在一起，而不是一个人独自待在海上，追寻那个我曾经当作梦想的、不切实际的幻想。

尽管失去了"吉普赛月光"号，但我并不后悔当初踏上这段旅途。如果当年我没有下决心从安纳波利斯启程，开始这段所有人都认为毫无意义的旅程；如果在蒲福入口的那晚，我没有在上帝的静默中凭直觉想到我应该前往拿骚，我便无法像今天的我这样精神饱满、明白事理、受到关爱。我驾驶着一艘伟大的船，走了一段伟大的路。如果没有它，我永远都无法遇见一生的挚爱。

除航海外，别无他法。

Once upon a gypsy moon:an improbable voyage and one man's yearning for redemption
by MICHAEL HURLEY
Text copyright © 2013 by Michael Hurley
Simplified Chinese language edition copyright © 2014 By Chongqing Publishing House,
By arrangement with Center Street,Ney York, New York, USA.
Through Andrew Nurnberg Associates International Limited
All Rights Reserved.

版贸核渝字（2014）第74号
图书在版编目（CIP）数据

吉普赛月光号 /（美）赫尔利著；陆骏译. -- 重庆：重庆出版社，2015.2
书名原文：Once upon a gypsy moon:an improbable voyage and one man's yearning for redemption

ISBN 978-7-229-09477-5

Ⅰ.①吉… Ⅱ.①赫… ②陆… Ⅲ.①散文集—美国—现代 Ⅳ.①I712.65

中国版本图书馆CIP数据核字（2015）第031308号

吉普赛月光号
JIPUSAI YUEGUANGHAO

［美］迈克尔·赫尔利　著
陆　骏　译

出 版 人：	罗小卫
策　　划：	华章同人
出版监制：	陈建军
责任编辑：	王　方
营销编辑：	王丽红
责任印制：	杨　宁
封面设计：	尚世视觉

重庆出版集团
重庆出版社　出版
（重庆市南岸区南滨路162号1幢）

投稿邮箱：bjhztr@vip.163.com
三河九洲财鑫印刷有限公司　印刷
重庆出版集团图书发行有限公司　发行
邮购电话：010-85869375/76/77转810
重庆出版社天猫旗舰店
cqcbs.tmall.com
全国新华书店经销

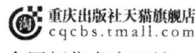

开本：880mm×1230mm　1/32　印张：8.375　字数：180千
2015年8月第1版　2015年8月第1次印刷
定价：36.00元

如有印装质量问题，请致电023-61520678

版权所有，侵权必究